rare avec portrait

par J. F. Bernard
Libraire Hollandais

par J. F. Bernard
Libraire Hollandais

MADAME LA COMTESSE
DU BARRY

PRÉCIS
HISTORIQUE

DE LA VIE

De MAD. La COMTESSE

DU BARRY.

AVEC SON PORTRAIT.

P A R I S 1775.

PRÉCIS
HISTORIQUE
DE LA VIE
De MAD. LA COMTESSE
DU BARRY.

QUOIQU'ON ne donne au Public la
Vie de ceux qu'on juge dignes d'avoir
place dans les faſtes de l'Hiſtoire, qu'après
leur mort, il n'eſt pas ſans exemple, qu'on
ait quelquefois anticipé ce moment, pour
donner un précis de la vie de certaines perſonnes fameuſes, qui par le grand rôle
qu'elles jouoient dans le monde, piquoient
à pluſieurs égards la curioſité publique, &
intéreſſoient par leurs qualités extraordinai-
res dans le bon, comme dans le mauvais.
Outre ce motif général dont nous avons
cru pouvoir faire l'application à Madame la
Comteſſe *Du Barry*, nous nous ſommes
d'autant plus facilement déterminés à faire

A 2

on préfent au Public du *Précis* de fa vie,
avant que la mort en ait tranché le fil ,
que par fa difgrace , étant forcée d'en traî-
ner les miférables reftes dans l'obfcurité d'un
Cloître , nous la confidérons dès-à-préfent
comme abfolument morte au monde ; & par
conféquent comme aïant terminé par rapport
à nous , autant que par rapport à elle-même ,
fa brillante carrière , ne pouvant plus par cette
raifon , attendre une fuite de faits analogues à
la partie de fon Hiftoire qui feule peut intéref-
fer l'Europe , nous nous fommes empreffés de
rendre publics ceux que nous croyons porter
avec eux ce caractère de vérité , qui feul fait
tout le mérite d'une Hiftoire , & qui doit faire
la loi à l'Hiftorien : fi dans la fuite de fa
vie fes actions peuvent être intéreffantes ;
ce ne peut-être que par rapport au peuple
dévot ou bigot , & ce fera auffi à quelque
Hiftorien Eccléfiaftique , s'il y a lieu , à faire
l'Hiftoire de cette feconde partie de fa vie ,
à augmenter le grand nombre des *Légen-
des* , & à fournir à Rome les mémoires de
la Canonifation. L'efficacité de la grace qui fit
de Magdeleine une illuftre pénitente , pourroit faire de Madame *Du Barry* une fainte
à Miracles; & l'Abbaïe du Pont-aux-Dames ,
pourroit bien devenir dans la fuite , un péle-
rinage auffi fameux , que la fainte Beaume -

près

près de Marseille. (*a*) Quoique dans l'ordre Physique un peu de mauvais levain suffise pour corrompre une grande quantité de pâte, & qu'un seul pestiféré puisse porter la contagion dans tout un païs, nous espérons que dans l'ordre moral, la pâte purifiera le levain, & que les personnes saines redonneront la santé au pestiféré ; si cela ne devoit pas être de même, Louis XVI. qui fait déjà l'admiration de l'Europe, & qui est l'idole des François, ne donneroit pas une grande idée de sa prudence & de sa religion, ne forçant les chastes Epouses du Seigneur, à recevoir parmi elles l'Epouse de Mr. *Du Barry*, dont la conduite & les sentimens doivent ce semble, faire un contraste dangereux avec la vie austere & innocente de ces saintes recluses.

Les conjectures hasardées sur la façon dont il y a ordre de traiter cette amante désolée

---

(*a*) On voit dans le creux d'un rocher près de Marseille, une grotte que la superstition fait prendre encore aujourd'hui pour le lieu où Magdeleine se retira, après la mort du Sauveur, avec le Lazare & Marthe sa Sœur, pour y consommer sa pénitence. Ce lieu appellé la sainte Beaume est un pélérinage fameux.

défolée dans fon exil, auffi-bien que les
différents bruits qui ont couru fur celle dont
le miniftere actuel fe comportoit à l'égard
des biens qu'elle a acquis pendant fa faveur,
& de ceux qu'elle a fait acquérir à la famille dans laquelle elle s'eft naturalifée par
fon mariage avec M. *Du Barry*, ont re-
doublé la curiofité du Public pour la voir au
jufte ce qu'elle étoit auparavant de parvenir
à l'honneur de *Maîtreffe* de Louis XV. Pendant le vivant de ce Monarque il eût été dangereux en France, de pouffer fes recherches
trop loin, & quoique l'on prétendît être affez
inftruit à ce fujet, le rifque que l'on eût couru
à approfondir les indices qu'on avoit, ne permettoit pas de parvenir à des éclairciffements
fuffifants, pour n'avoir plus aucun doute fur
fon origine & fur fon état primitif; rien ne
prouve plus, qu'on n'avoit aucune connoiffance exacte de la vérité à fon égard, que les différents raports qu'on a fait fur fon compte; à
peine trouve-t-on deux perfonnes qui s'ac-
cordent fur les circonftances effentielles de
fon origine; & encore aujourd'hui on n'a pu
parvenir à découvrir la vérité, quoique par
la mort du Roi de France & la difgrace
éclatante qu'elle a effuyé dès les premiers
moments du regne de Louis XVI. il ait été
permis aux curieux de rapprocher toutes les

circonftances

circonſtances qui regardent cette femme cé-
lébre , & de remonter à la ſource pour ſe ſa-
tisfaire ſur un point auſſi intéreſſant. La faveur extraordinaire dont elle a jouï , & les
honneurs qu'on étoit obligé de lui rendre à la
plus brillante Cour de l'Europe , juſtifient
aſſez la curioſité qu'on a de ſavoir , ſi ces
grands avantages qu'elle y avoit, étoient dus
en partie ou à ſa naiſſance, ou du moins à ſon
mérite perſonnel, ou bien ſi elle n'en étoit
redevable qu'aux charmes de ſa perſonne ,
& au caprice de l'amour ; ſi l'on peut appeller
amour , dans le feu Roi , une paſſion uſée &
affoiblie par la trop grande quantité des ali-
ments variés qu'on lui fourniſſoit pour l'entretenir & la ranimer.

Nous ne nous engageons pas à garantir à
la rigueur, la vérité du peu d'anecdotes que
nous avons recueillies , & qui font la matière
de ce Précis hiſtorique. Madame *Du Barry*,
avant ſon avancement à la Cour , a vécu
dans une eſpece d'obſcurité qui n'étoit guère
propre à engager à faire faire des mémoires
ſur les commencements de ſon entrée dans
la carrière des galanteries; confondue avec
la foule , on verra que le hazard ſeul l'y a fait
appercevoir , & que ce même hazard l'en a
retirée ; mais nous proteſtons, que ce que
nous avons à dire à ſon ſujet eſt parfaite-
ment

ment d'accord avec la vraiſemblance , ou plutôt , que tous les faits que nous allons détailler , ont une certitude au moins morale , aïant rejetté abſolument tous ceux qui ne nous ont pas paru avoir cet avantage , dont nous aurions pu groſſir ce volume , ſi nous avions voulu courir le riſque de raconter des fables. Si malgré le ſoin que nous nous ſommes donnés pour éviter cet inconvénient , nous y ſommes tombés dans quelques endroits de notre Hiſtoire , nous proteſtons que ce n'eſt ni par méchanceté , ni par un eſprit de détraction , ni en un mot par aucun de ces motifs indignes , qui trop ſouvent font prendre la plume à des eſprits cauſtiques & mordants.

Il eſt pluſieurs maiſons illuſtres , qui par l'antiquité de leur origine ſont dans l'impoſſibilité d'en aſſigner la véritable époque , parce qu'elle remonte juſques dans les tems les plus reculés ; cette eſpèce d'obſcurité en fait préciſément le véritable luſtre , nous ne penſons pas que Madame la Comteſſe *Du Barry* ſoit dans ce cas , par raport à l'origine de ſa maiſon , ce qui nous confirme dans cette idée , c'eſt que les Maiſons illuſtres qui ſont dans l'impoſſibilité d'aſſigner le tems auquel ont vécu leurs premiers Fondateurs , peuvent par une filiation non-interrompue ;

remonter

remonter jusqu'à un terme positif qui fixe l'époque assurée du corps de leur arbre généalogique, au lieu que Madame *Du Barry* ne peut pas seulement donner la généalogie de son ayeul ; on assure même que celle de ses Père & Mère est assez obscure & très-peu connue. Quoi qu'il en soit, on s'accorde assez généralement à lui donner pour Père, un *Révérend Pere Capucin*, nommé Frere *Ange*, & pour Mère une fille qui servoit dans une grande maison en qualité de *Cuisinière* ; quelques-uns en lui donnant la même Mère, lui donnent un homme de distinction pour Pere, ces deux sentiments ne renferment ni contradiction ni impossibilité ; on peut adopter l'un ou l'autre, sans choquer la vraisemblance ; un Frère *Quêteur* peut aisément gagner les bonnes graces d'une jeune Cuisinière dans une bonne maison, où son emploi lui donne les entrées libres ; un Père directeur le peut encore plus aisément, par l'accès qu'il a dans une famille, dont il dirige les consciences, & ceux qui vivent dans les païs où l'on est encore assez imbécille que de fournir à la nourriture & aux plaisirs des Moines, savent combien il est aisé à ces Fainéants hipocrites, d'avoir des intrigues de cette espèce ; heureuses les maisons ! qui n'ont à se plaindre de leur incontinence, que par les

B

ravages

ravages qu'elle fait parmi leurs filles de fervice ; mais pour l'ordinaire ces Meffieurs
portent leurs vues un peu plus haut. Il n'*y*
a rien que de très-ordinaire dans les allian-
ces clandeftines d'un homme de la première
condition avec fa fervante ; ce font des petits
larcins faits à une époufe, & dont on ne fe fait
pas un grand fcrupule ; dans plufieurs ce n'eft
qu'un rendu ; ainfi tout bien confidéré, on
doit conclure, que la naiffance de Madame
Du Barry n'étoit pas légale , & que les premières années de fon âge , ont dû fe paffer
dans une obfcurité impénétrable. (*b*) En fui-
vant

(*b*) Il y a un troifieme fentiment qui donne
pour Père à Madame *Du Barry* , un *Picpuce*
nommé *Père Ange*, Religieux du tiers Ordre
de St. François , & defervant une petite pa-
roiffe de campagne en *Brie* ; On peut voir çe
que le Gazetier Cuiraffé dit à cette occafion ,
p. 51. dans la (58) Note. Outre que l'autorité de cet Auteur ne paroît pas des plus refpectables, l'efpèce de contradiction que ce
fentiment renferme par raport à l'éducation
de Madame *Du Barry* jufqu'à l'âge de dix ans
dans la maifon paternelle , nous le rend plus
que fufpect : un Moine ni tout autre Eccléfiaftique , ne peuvent pas élever impunément fous les yeux de leurs paroiffiens , &
à la barbe de l'Evêque , le fruit de leur in-
continences ;

vant l'opinion qui la fait naître d'un Capucin ;
non comme la plus probable en elle-même ,
mais comme la plus généralement adoptée ,
on peut alors très - facilement lui faire une
généalogie bien plus noble & plus glorieuse ,
que ne pourroit être pour elle , celle que
d'*Hosier* lui fourniroit en payant comme à
tant d'autres ; puisqu'alors en remontant de
père en fils jusques vers le douzième siècle ,
elle pourroit sans craindre de se tromper ,
indiquer *François d'Assise* , surnommé le *Sé-
raphique* , pour son premier ayeul. Combien
de familles en France qui se glorifient d'une
origine très-ancienne , ne peuvent pas compter six siecles d'ancienneté ! combien y en

a-t-il

---

continence ; on sait assez ce que produisent
dans ce cas les plaintes des paroissiens ; & la
sentence de l'officialité qui en est la suite ,
est pour l'ordinaire trop rigoureuse , pour
que les incontinents Ecclésiastiques ne prennent pas de précautions afin de s'y souftraire.
Que ce soit d'ailleurs , un *Picpuce* , ou un *Capucin* , qui soit père de Madame *Du Barry* ,
c'est toujours un Moine de l'Ordre de St.
François , & la différence est d'aussi peu de
conséquence , que celle qui se trouve entre *la
Tulipe* , grenadier dans la première compagnie du Régiment de Champagne , & *la Tulipe* , grenadier de la seconde compagnie du

même

a-t-il même qui feroient bien plus orgueil-
leufes qu'elles ne le font encore de leur antiquité, fi elles pouvoient remonter clairement
& fans contradiction jufqu'au quinzième
fiècle !

Il

même Régiment. C'eft toujours *la Tulipe*,
grenadier de Champagne, comme c'eft *Père
Ange*, religieux de *St. François*.

Le Larcin fait de cette enfant chéri & careffé par une coureufe, n'a pas plus de vraifemblance ; un enfant chéri & careffé par fes
parens à l'âge de dix ans, ne fe laiffe pas en-
lever par force par une feule femme ; à cet
âge il a trop de difcernement pour quitter une
maifon où il ne lui manque rien, & pour fui-
vre une avanturière, uniquement pour le
plaifir de courir ; puifque l'efprit de liberti-
nage ne peut pas encore porter à cet âge une
fille à fe fouftraire à l'autorité paternelle pour
fatisfaire fon penchant. La *Brie* d'ailleurs n'eft
pas fi éloignée de Paris, pour qu'il n'eût été
très-aifé à *Père Ange*, ou à fa Cuifinière, fi le
Religieux n'avoit pas voulu paroître, de retrouver cette petite fille *courant fous les lan-
ternes de Paris*, & de la ramener en *Brie*. La
fatire eft piquante, & le *Gazetier Cuiraffé*
s'eft plus attaché à y mettre du fel, que de la
vraifemblance, c'eft le défaut général de tout
fon petit ouvrage ; mais fans doute que quand
il l'a donné, il n'a pas prétendu qu'on l'en crût
fur fa parole.

(13)

Il y a apparence en adoptant le fiftême
qui donne *Frère Ange* pour père à Madame
Du Barry, que fa premiere éducation a dû
fe former dans la maifon des *Enfans Trouvés*,
& que fes parens durent être dans la néceffité de prendre le parti de confier ce pré-
cieux fruit de leur amour, à l'adminiftration
publique, ne pouvant pas eux-mêmes par
une infinité de raifons, l'élever fous leurs
yeux, & prendre foin de fon enfance. Ren-
fermée peu d'heures après fa naiffance dans
cette maifon de charité, confondue avec un
nombre prefqu'innombrable d'autres créatures, dont la plupart quoique avouées par la
nature, portent à jamais, comme la fille de
Frere Ange, la tache honteufe de leur origine incertaine, reléguée en un mot dans
l'obfcurité d'un hôpital, il nous eft impoffi-
ble d'avoir rien de certain fur les premières
années de fon âge, & nous fommes obligés
de paffer tout d'un coup à fa quinzième
année ou environ, qu'elle commence à paroître dans les rues de Paris, fans favoir
exactement ni d'où elle fort, ni d'où elle
vient, ni enfin ce qu'elle a fait jufques-là.

Avec beaucoup de jeuneffe & un joli mi-
nois, une fillette ne court pas rifque de refter
long-tems fur le pavé de Paris, & de s'y
trouver expofée à la honteufe néceffité d'im-

C

portuner

portuner la charité des paſſans ; elle eſt aſſurée
d'être bientôt recueillie par quelque perſonne
charitable qui ſe fait un plaiſir de la recevoir,
& de faire en ſa faveur quelque petite dé-
penſe en avance, étant bien aſſurée de n'être
pas long-tems à s'en payer avec uſure, en
vendant bien cher la vertu de celle en faveur
de laquelle elle s'eſt ſentie émue de com-
paſſion ; combien de Seigneurs n'ont-ils pas
à leurs gages de ces ſortes de perſonnes,
qui ſont continuellement aux aguets pour
pouvoir leur procurer de jeunes tendrons
qui ayent au moins en apparence tout le mérite de l'innocence.

Il ne nous a pas été poſſible de découvrir
par qui ni comment la petite échapée des enfans trouvés fut recueillie, ni quel fut l'heureux mortel qui eut l'honneur d'être le premier gendre de *Frère Ange* ; nous ſavons en
général, que les premières amours de Madame *Du Barry* ont été très-obſcures, peu
conſtantes, & qu'après avoir fait ſes premiers exercices dans les baſſes claſſes, elle
ne parut avec quelque eſpèce d'éclat dans
le monde, que lorſqu'elle entra chez une
faiſeuſe de modes en qualité de fille de boutique ; on entend aujourd'hui ce que cela veut
dire : avant d'entrer chez ſa maîtreſſe de
boutique, on aſſure qu'elle couroit Paris avec

un

un petit panier fous le bras, allant de porte
en porte pour tâcher de vendre des petites
bagatelles de *quinquailleric* qui faifoient tout
fon fonds. Ces commencements ne pronof-
tiquoient certainement pas fa grandeur future,
& il y a trop de diftance d'un Hôpital au Pa-
lais d'un Roi de France, pour que *Noftra-*
damus, lui-même, eût pu faire une centurie
qui prédifit à la fille d'un pauvre *Frère Ca-*
pucin, qu'après avoir été élevée dans le premier de ces endroits, & avoir été prife & fucceffivement, abandonnée par quantité de jeunes gens, trop inconftants pour pouvoir fe
fixer, le fils aîné de l'Eglife la recevroit dans
fa Cour pour en faire fa dernière maîtreffe
en titre.

Nous arrivons enfin à l'époque de la vie de
Md. *Du Barry*, où nous pouvons marcher à
la lueur du flambeau de la vérité, les épaifes
ténèbres répandues fur les dix-huit premières
années de fa vie, commencent à fe diffiper ;
ce ne font plus ces conjectures probables que
nous hafardons, ce font des faits conftants
que nous allons détailler ici ; tout concourt à
nous inftruire fur fon compte, parce qu'elle
paroît enfin avec une efpèce d'intrigue fuivie, qui commence à faire un certain bruit
dans le monde. Mr. de *la Vauvenardière*,
homme de condition, devenu l'amant en

C 2

titre

titre de notre Héroïne, nous la fait connoître sous le nom de l'*Ange* de *la Vauvenardière*,
& nous donne par là le moyen de la suivre
pas à pas jusques dans son exil, où elle pleure
actuellement la perte de son Amant ; par un
motif bien différent peut-être, que celui qui
fait pleurer à la France la mort d'un Monarque
Bien-aimé malgré ses grandes foiblesses, &
qui n'avoit d'autre défaut, que d'aimer le
plaisir, & de s'y livrer avec trop peu de ré-
serve.

Ce seroit ici le lieu sans doute d'ébaucher
son portrait ; mais tout ce que nous pourrions
dire, n'approcheroit jamais autant de la vérité, qué ceux que l'on n'a peint d'après nature ; l'estampe fidelle que nous avons mis à
la tête de cet abrégé de son histoire, la re-
présentera plus naturellement que nous ne
pourrions faire à ceux qui n'ont pas eu le
bonheur de la voir, ceux qui ont eu cet avantage, n'ont que faire sans doute, que nous
leur retracions l'image d'une beauté agréa-
ble, qui doit avoir fait une assez vive impression dans leur ame, pour n'être pas effa-
cée de leur mémoire.

M. de *la Vauvenardière* devenu éperdument
amoureux de la jeune faiseuse de modes, ne
négligea rien pendant quelque tems pour
captiver son cœur, ce cœur naturellement

sensible ,

fenfible, & qui jufques-là n'avoit eu que
des attachemens momentanés , ne fut pas
revêche, & fe laiffa aller au doux penchant
qui l'entraînoit vers une intrigue fuivie ; la
vanité peut-être fe mettant un peu de la partie, rendit au gentilhomme fa conquête affez
aifée ; beaucoup d'amour, une affiduité conf-
tante, & quelques dépenfes faites à propos,
la lui affurèrent pendant tout le temps que fon
goût fe foutint, & que le plaifir de la nou-
veauté alimenta fon amour ; il eft à préfu-
mer, que fa maîtreffe avoit quelque connoiffance de fon origine, & qu'elle favoit
à qui elle étoit redevable de fa naiffance,
puifqu'elle portoit déjà de ce tems-là, le Nom
d'*Ange*, comme étant fon véritable nom de
famille ; ce qui donna lieu à cette heureufe
allufion qui la fit appeller pendant quelque
tems, l'*Ange* de la *Vauvenardière* ; on peut
raifonnablement conjecturer, que le *Frère
Capucin* par un effet de tendreffe bien naturelle à un père, dans la dure néceffité de
faire élever fon enfant hors de fa maifon, où
la bienféance ne lui permettoit pas de la retenir, ne l'avoit jamais perdue de vue ; que
quand elle fut en état de fentir un retour de
tendreffe pour les auteurs de fes jours, il lui
confia le fecret de fa naiffance, & que par
un effet naturel de l'attachement qu'on a pour

fon

fon véritable nom , elle ne voulut pas en prendre d'autre que celui de fon père

La Vauvenardière entretint fon petit *Ange* pendant quelque-tems : il eut pour cette jeune fille tout l'amour & toute la tendreffe que fa belle figure étoit en état d'infpirer ; mais enfin , foit inconftance affez ordinaire à ceux qui n'aiment uniquement que pour leur plaifir , foit que le petit Ange manquât à la fin de fidélité , & que l'uniformité du plaifir l'ennuïat , foit qu'elle n'eût en fa faveur que la gentilleffe de fa perfonne , & l'agrément des charmes de fa figure , foit enfin parce qu'elle n'avoit pas été auffi avantagée du côté des agrémens de l'efprit , que de ceux de la beauté , cette belle union fe rompit , & l'amant en abandonnant fon amante , pour quelque motif qu'il feroit difficile d'indiquer pofitivement , lui rendit fa première liberté , & recouvra la fienne.

Redevenue maîtreffe de fa perfonne , & pouvant difpofer à fon gré de font fort , façonnée d'ailleurs par la fréquentation qu'elle venoit d'avoir avec un amant qui étoit en état de lui donner des belles leçons de galanterie , fi elle eût été en état d'en profiter , elle reparut fur la fcène comme une perfonne qui cherche à fe placer , & à tirer parti des charmes qui pouvoient encore lui faire efpérer de

n'être

n'être pas long-tems fans trouver de chalant,
mais le tems marqué par la Providence n'étoit
pas encore venu , & il fallut fe retrancher à
des complaifances paffagères, qui quoiqu'affez bien payées, ne peuvent pas fatisfaire un
cœur qui a déjà goûté ce doux plaifir de n'être
qu'à un : les défagréments inféparables de la
bannalité des faveurs , & le mépris qui en eft
toujours la fuite , rendant la fituation d'une
fille publique des plus désagréables , lors
qu'après la perte d'un amant elle fe trouve
affez d'attraits pour être digne de former une
nouvelle intrigue ; quoique la jeune l'*Ange*
fe trouvât dans ce cas ; force lui fut de n'être
pas cruelle envers ceux qui fe préfentoient ;
même avec l'intention de ne s'attacher à elle
que pour quelques moments.

Après avoir paffé de main en main, le
hazard la fit enfin tomber dans celles du
Comte *Du Barry*, qui cherchoit depuis quelques années fur le pavé de Paris , à fe rendre
la fortune plus propice qu'elle ne lui étoit
dans la Province ; & qui pour cela ne négli-
geoit aucun des moyens qu'un *Gafcon*, qui a
de l'efprit & des talens, met quelquefois
en œuvre avec quelque fuccès, mais que *Du
Barry* avoit jufques-là infructueufement em-
ployés, quoqu'il joignît à l'avantage d'être
originaire & affez récemment parti d'une province

vince, dont les naturels paffent pour avoir de grandes reffources, celui d'avoir un efprit affez cultivé & des manières très-engageantes : le rôle intéreffant qu'il joue dans la fcène que je crayonne, m'autorife fans doute à faire une petite digreffion à fon fujet, & je croirois manquer à l'exactitude de l'hiftoire, fi je ne le faifois connoître à fonds : peu de pefonnes font peut-être auffi bien inftruites que moi de fa naiffance, de l'origine de fa nobleffe, de fa fortune, & en un mot de tout ce qui regarde fon hiftoire jufqu'au moment de fa brillante fortune ; j'ai entendu fi fouvent faire des bévues fur fon compte, que je fuis bien aife de défabufer le public à ce fujet (c) M. *du Barry* eft natif de *Lévignac* petite ville de *Guienne* à trois lieues de Touloufe, & à deux de l'*Ifle Jourdain* ; fes parens jouiffent depuis affez long-tems du titre de *Nobles*, ou comme l'on dit, de *Gentilshommes*, & quoiqu'ils ne foient pas de la première ancienneté, & que leur nobleffe ne provienne que du *Capitoulat de Touloufe* (d), ils paffent cependant aujourd'hui

---

(c) On ne fait pas pourquoi il a défiguré fon nom, il s'écrit *du Barri* & nom *du Barry*.

(d) Le *Capitoulat* à Touloufe n'eft autre chofe

jourd'hui fans contradiction pour être du fecond rang parmi la nombreufe noblefle de cette grande province. En qualité d'aîné il a fuccédé aux biens de fes parents, à la charge par lui de payer des légitimes proportionnées à la totalité de la fortune, à fes cadets felon l'ufage des gens, de condition de cette province. Sa fortune étant paffablement honnête pour le païs, fans être brillante, elle le mit à même d'époufer une Demoifelle de condition, & dont la dot étoit proportionnée aux biens dont il étoit héritier. Son goût pour la dépenfe fut toujours exceffif, & fa famille grandiffant peu-à-peu, fes petits revenus devenant infuffifants pour

continuer

chofe que la charge d'Echevin par-tout ailleurs ; ceux qui font nommés par le Roi à ce pofte honorable qui répond en quelque façon à celui de *Conful de Rome*, acquièrent la noblefle pour eux & pour leurs defcendans à perpétuité. On en nomme huit chaque année, & il faut être Bourgeois de Touloufe pour pouvoir y prétendre. Qu'on juge à préfent s'il eft difficile de trouver des Nobles aux environs de Touloufe. Quoique le Roi nomme au *Capitoulat*, il faut l'acheter fort cher. Pendant long-tems Mad. de Pompadour a eu ce petit département.

D

continuer le train trop fort qu'il menoit dès le commencement de son mariage, ne pouvant d'ailleurs se réduire à le diminuer aux yeux de toutes ses connoissances & de ses amis, pour se souftraire à cette espèce d'humiliation, il fit une petite bourse, & quitta la Province pour aller dans la capitale du Royaume ensévelir sa honte, ou relever, s'il étoit possible, sa gloire. Comme ses principes n'ont jamais été des meilleurs, & que son goût pour la philosophie moderne a paru toujours décidé, il se mit peu en peine dans le choix des moyens qu'il employa pour parvenir à son but; il sentit la nécessité, arrivant à Paris, d'avoir des amis pour faciliter la réussite de ses projets, il chercha à s'en faire; mais n'aïant pas de l'argent à dépenser pour en acquérir de bons, & n'aïant que beaucoup de cet esprit volatil & léger, qui ne produit dans le grand monde qu'autant qu'on peut s'y soutenir avec un certain faste il vit bientôt que les bonnes maisons lui furent fermées, & que la seule ressource qui lui restoit, étoit de se lier avec quantité d'autres personnes, qui comme lui, avoient inutilement tenté fortune, n'étant soutenues que par ce que l'on apelle assez mal-à-propos *mérite*. Il trouva dans cette classe d'hommes des gens souples, déliés & plus fins que lui;

il

il étoit naturel qu'il en fût la *Dupe*, il le fut effectivement ; fon petit thréfor fut bientôt diffipé, & dans peu de jours il ne lui en refta que le malheureux avantage d'avoir appris à favoir faire dès dupes à fon tour. Il avoit trop de bonnes difpofitions naturelles, pour que cet apprentiffage lui coutât beaucoup de tems, & il fe trouvoit dans une trop grande extrêmité, pour ne pas faifir la première occafion qui fe préfenta pour faire fon chef-d'œuvre, afin de mériter les lettres de *Maîtrife*. La reffource de filouter au jeu le foutint pendant quelques mois dans une honnête médiocrité ; mais foit qu'il eût des meilleures occafions, foit qu'il devìnt plus aguerri & plus adroit, il parut fe lever avec avantage de la perte qu'il avoit fait peu de jours après fon arrivée ; fi l'argent volé au jeu pouvoit être un profit réel, & qu'un joueur pût n'en être pas prodigue, il eft certain que *Du Barry* auroit en partie rempli les vuës qu'il avoit en allant à Paris ; mais un faux joueur qui n'a que le feul défaut d'être fripon, eft un Phénomène auffi rare qu'une femme coquête & vertueufe tout enfemble. *Du Barry* n'étoit pas fait pour faire exception à la règle générale, & leur revenu qui fe faifoit par fa dextérité à bien mêler un jeu de cartes, lui donnoit de quoi fournir aux dépenfes exorbi-

tantes

tantes qu'il faifoit dans les *Tripots* avec les femmes qui en font les fermes foutiens. Parties de plaifir, fpectacles, lieux publics, & en un mot tous les endroits confacrés à la plus infame & à la plus crapuleufe débauche, étoient régulièrement fréquentés par *Du Barry*. C'eft dans un de ces derniers lieux qu'il vit la l'*Ange*, & qu'il fit connoiffance avec elle ; leurs inclinations fe trouvèrent fi reffemblantes, qu'il ne leur fallut pas beaucoup de tems pour s'accorder, & le marché étant fans doute bientôt conclu, ils durent en venir tout de fuite à l'exécution, comme il eft d'ufage dans de pareilles rencontres. *Du Barry* ne la vit alors que comme il voyoit fes femblables, mais la trouvant plus jolie, & par conféquent plus propre à fes plaifirs, il fe fix à elle pendant quelques jours, il en fit l'objet de fa prédilection, & ne négligea rien pour fe l'attacher, il y réuffit par fes libéralités, & l'union devint affez parfaite. Cependant le dégoût & la fatiété, fuites ordinaires & infaillibles d'une jouiffance trop aifée, quand elle ne tombe que fur un beau bufte, s'emparèrent de *Du Barry* ; fa maîtreffe n'ayant que les charmes de fa figure, & manquant abfolument de cet efprit, qui feul peut enchaîner un homme à qui il

faut

Taut autre chofe qu'une maffe de chair bien
proportionnée pour le fatisfaire , quand il
a affouvi fa paffion , fenti la fin de fon
règne approcher , elle la fentit , & ne s'en
allarma pas , elle étoit déja accoutumée à
ces fortes de révers , & elle s'en étoit fait
une efpèce d'habitude ; cependant autant
par compaffion pour elle , que pour fe
faire une recommandation auprès d'une efpèce de *Grand du monde* , *Du Barry* ne
rompit ouvertement qu'après s'être donné
un fucceffeur qui pût le remplacer à tous
égards : cette reconnoiffance ou cette humanité de fa part, eft fans-doute digne de
nos éloges , s'il n'a eu en vue que le bien
particulier de la l'*Ange* , fi dans ce procédé
honnête il n'a pas confulté fon avantage
perfonnel ; & que ce ne foit pas plutôt
un trafic qu'il fit de fa maîtreffe , qu'une
conceffion pure & fimple : nous devons
cependant avouer, que la fuite de la conduite qu'il a tenu avec elle , ne préjuge pas
en faveur de fon défintéreffement. Quoi qu'il
en foit il jetta les yeux fur Mr. de *St. Foix* ,
pour lui céder fes reftes & ceux de tant
d'autres : Mr. de *St. Foix* étoit une efpèce
de fous-Miniftre au département des affaires
étrangères , ou pour parler correctement
un des premiers commis à ce bureau ; il

E

n'eft

n'eſt pas beſoin de dire combien cette en-
geance d'hommes eſt habile à ſavoir rendre le *tour du bâton* profitable dans ces
poſtes lucratifs, dont les appointements ſont
toujours très-conſidérables, & preſque toujours bien au-deſſus du mérite de ceux qui
les rempliſſent : on ſait que, malgré l'orgueil & l'impertinence qu'ils ſont paroître
vi-à-vis des gens reſpectables, qui ſont aſſez
malheureux que d'avoir affaire à eux, &
d'aller mendier mille fois une audience que
bien ſouvent ils n'obtiennent jamais, on
ſait dis-je, que dans les lieux de débauche,
ils ont la bonté de s'humaniſer, & de traiter
de pair à compagnon des perſonnes, que
par-tout ailleurs ils regardent avec un dé-
dain inſultant ; c'étoit dans un de ces endroits que *Du Barry* avoit eu l'honneur de
faire connoiſſance avec ce *Créſus*, & c'eſt
auſſi là qu'il lui propoſa ſon ancienne maîtreſſe, dont il lui exalta les charmes ; le
moment pour l'entrevue fût pris, & dès le
lendemain au ſoir la l'*Ange* vit ſon nouvel
amant, & reçut les preuves de ſa tendreſſe en même-tems que celles de ſa libéra-
lité. Mr. de *St. Foix* qui avoit de l'eſprit
autant que *Du Barry*, & qui penſoit à peu
près comme lui ſur l'article de la galanterie,
vit bientôt avec le même œil que ſon cef-
ſionnaire

sonnaire, la belle l'*Ange* ; il se dégoûta de ses charmes, après en avoir joui quelques jours, prit son congé & rendit à *Du Barry*, le dépôt dont celui-ci avoit prétendu le gratifier. Ne pouvant s'attacher à un *Ange* sans esprit, il fut bien-aise que *Du Barry* voulût la reprendre au même prix qu'il l'avoit cédée.

Du Barry qui a eu toujours un fond de caractère assez humain & assez compatissant, voyant sa maîtresse abandonnée & comme sans espoir de trouver quelqu'autre amant assez généreux, ou assez amoureux de sa figure pour fournir honorablement à son entretien, la reprit sur son compte plus par compassion, que par toute autre vue. Son esprit fertile en ressources lui en avoit tout récemment suggéré une, de laquelle il se promettoit de grands avantages ; le hazard fit réussir ses vues ambitieuses ; mais sa fortune ne vint pas du côté d'où il l'attendoit.

Peu content d'aller courir les *Tripots* de la Ville, pour y dévaliser les jeunes étourdis qui avoient l'imprudence d'y jouer, il crut devoir augmenter le revenu qu'il se faisoit de ses filouteries, par le profit immense des cartes, qui revient à ceux qui veulent bien prêter leur maison pour servir de rendez-vous à tous les fripons joueurs ; on sent bien qu'un maître de *Tripot* ne fournit pas à ces

E 2　Messieurs,

Meſſieurs, des cartes, du feu, de la lumière,
des Canappés, des lits, des rafraîchiſſements,
des ſoupers, & en un mot des filles ou des
femmes pour le ſeul plaiſir de les obliger ; on
trouve de tout cela à la vérité dans ces *Cou-*
pes-gorges, mais on le paie bien plus cher que
par-tout ailleurs ; & ſi l'entrepreneur ne ga-
gne pas deux ou trois Capitaux, il ne peut
pas ſe tirer d'affaires, encore malgré cela, la
plupart finiſſent-ils cet honorable commerce,
par une *banqueroute*, qui ſe fait ordinairement ſans donner de *Bilan*. *Du Barry* avoit
depuis peu affiché ſa maiſon, ou plutôt ſon
appartement, pour l'offrir au Public ſur le
pied de maiſon à jouer, &c. &c. &c. & comme il n'avoit pas de femme pour en faire les
honneurs, il ſe détermina de prendre là
l'*Ange* pour remplir ce poſte intéreſſant. La
l'*Ange* n'avoit qu'une des qualités qu'il faut à
une maîtreſſe de logis dans ces circonſtances,
c'eſt-à-dire, qu'elle n'étoit que jolie ; cet
avantage ſans doute eſt grand pour attirer la
foulle, mais quand il n'eſt pas accompa-
gné de ſoupleſſe dans l'eſprit, de gentilleſſe
dans les manières, & en un mot de ce qui
dans une femme eſt plus ſéduiſant que ſa
beauté, il arrive qu'on ſort du temple peu
après qu'on y eſt entré, en diſant froide-
ment, l'*idole* eſt belle, mais c'eſt aſſez que

de

de l'avoir vue une fois. *Du Barry* pouvant
suppléer de son côté en partie à ce qui manquoit à la l'*Ange*, pour retenir chez lui les
chalants que sa beauté pourroit y attirer, la
plaça dans sa maison, comme on place un
Leurre pour attirer dans un endroit les *Bêtes
fauves*, afin de pouvoir en dépeupler une
forêt ; la l'*Ange* fut un hameçon excellent, &
les parties de *Brelan*, de *vingt & un*, & celles
d'autres jeux de pareille honnêteté, devinrent
nombreuses & brillantes dans ce nouveau
Quartier d'assemblée. Bientôt la plus grande
partie des autres *Boucans* fut déserte, & les
appartements de *Du Barry*, pouvoient à peine contenir le monde qui se rendoit chez lui
pour jouer, &c. &c. &c. Parmi ceux qui lui
faisoient l'honneur de lui donner leur pratique,
un certain Monsieur *Le Bel* se prit d'une belle
passion pour la maîtresse de la maison, elle
étoit assez d'accord avec *Du Barry* pour ne
pas être obligée de jouer le rolle de cruelle,
qui n'étoit nullement dans son caractère,
elle écouta donc les propositions de ce nouveau venu, & y répondit de son mieux.
Monsieur *Le Bel* est un des valets de cham-
bre de Louis XV. généralement reconnu pour
son homme de confiance au département des
affaires clandestines du cœur ; emploi dont il
s'est toujours acquité avec une vigilance &
une

une exactitude des plus grandes ; il tenoit son bureau au petit *Parc aux Cerfs*, & c'est là qu'il faisoit travailler Louis XV. avec les *Grisettes* qu'il avoit pu engager de vouloir bien se prêter au soulagement de la passion indomptable de ce Monarque pour le culte de Vénus ; on assure même, qu'il n'exposoit jamais le Roi à des suites fâcheuses, ou qu'au moins pour n'avoir rien à se reprocher, il prenoit la même précaution que le Médecin de sa Majesté, c'est-à-dire, qu'il goûtoit lui-même, avant tout, les mets qu'il servoit à son maître.

La l'*Ange* sans connoître l'importance de sa nouvelle conquête, en fit part à *Du Barry*, qui du premier instant, en habile politique, vit d'un coup d'œil, les grands avantages qu'il pouvoit s'en promettre, tant pour lui, que pour la l'*Ange* elle-même. Dès-lors ses espérances & ses vues furent plus loin qu'il n'avoit jamais osé le penser ; il regarda Monsieur *Le Bel* comme un Ange envoyé du Ciel pour lui frayer la route aux honneurs & aux richesses ; il se proposa de se servir de lui, pour monter à ce haut degré de fortune, auquel il se promettoit d'arriver par sa médiation ; l'évènement en remplissant son attente, a démontré, que *Du Barry* connoissoit à merveille le cœur humain, & qu'en

comptant

comptant de parvenir aux dépens de la foiblesse de ceux de *Le Bel* & de Louis XV , il
n'avoit pas mal compté. Quoique le hazard
ait beaucoup de part à son élévation , comme
à celle de tant d'autres , il y a toujours beaucoup de mérite en lui , d'avoir eu l'adresse de
saisir une circonstance unique , pour remplir
ses projets ambitieux ; mille l'eussent man-
quée , ne pensant pas qu'une *Coureuse de rues* ,
à l'âge de vingt-cinq ans passés , pût devenir la Sultane favorite d'un puissant Monarque , dont le serrail ambulant lui offroit des
jouissances bien plus belles & plus en état de
le captiver par tant de raisons. *Du Barry*
donc , bien loin de faire éclater son mécon-
tentement sur l'infidélité dont la l'*Ange* lui fit
confidence , l'exhorta beaucoup à faire tout
son possible pour gagner un homme , qui pouvoit par son emploi la conduire au faîte des
honneurs ; il lui fit la plus belle peinture des
avantages & des plaisirs dont jouit une maîtresse d'un Roi , il lui exagéra l'honneur qu'il
y avoit de donner la loi à tout un Royaume ;
il lui peignit le séjour de la Cour comme
le plus délicieux pour la concubine en titre
du Monarque ; en un mot , lui proposant
Md. de Pompadour autant pour modèle que
pour appas , il échauffa tellement son imagination , que cet *Ange* terrestre comparant

son

son-sort futur avec celui des *Anges* célestes ;
se proposoit déjà de rivaliser avec eux , &
n'eut pas sans doute troqué sa destinée contre la leur, Elle promit à *Du Barry* de faire
de son mieux pour mettre *Le Bel* dans l'impossibilité de rien lui refuser , & *Du Barry* se
réservant le droit de Conseil & la direction
secrète de cette importante intrigue ; elle lui
promit aussi la plus entière déférence à ses
avis , quoiqu'elle n'eût pas assez d'esprit pour
se conduire elle-même , & sans d'autres se-
cours que le génie ordinaire de son sexe , elle
en eut cependant assez , pour tenir parole à
Du Barry , pour bien retenir sa leçon , & en
un mot pour savoir enjoller *Le Bel* , au point
de le mener où elle vouloit en venir , ou pour
mieux dire , au point où *Du Barry* vouloit
que *Le Bel* la conduisît. Dès la seconde entrevue , la l'*Ange* insinua à *Le Bel* quelque
chose de ses prétentions , & lui laissa entrevoir en partie son ambition , voulant sans
doute sonder les dispositions du *Pourvoyeur
du Lit du Roi* ; celui-ci qui n'eût pas deviné
la possibilité d'un tel projet dans une fille
si notoirement publique, tourna la proposi-
tion en badinage , & sur ce ton promit ses
bons offices à la l'*Ange*. Il la regardoit encore assez en état de remplir les fonctions de
sa propre maîtresse pendant un tems ; mais
ce.

ce qu'il jugeoit bon pour lui, il n'avoit pas
aſſez de vanité pour le regarder de même
pour ſon maître; il eût cru s'expoſer à de
vifs reproches, & même à la perte de ſon
emploi, s'il s'en fût ſi mal acquité, que d'introduire dans la couche de Louis XV. une
fille qui la plupart du tems n'avoit ſacrifié à
Vénus, que dans des galetas, que tout le
monde avoit vu dans les temples publics con-
ſacrés à cette Déeſſe, & qui actuellement occupoit, à raiſon de ſon ancienneté, un appartement dans un de ceux qui paſſoit pour un
des plus fréquentés de Paris. Une femme qui
veut quelque choſe, pour peu qu'elle ait de
l'aſcendant ſur un homme, eſt aſſurée de
réuſſir, ſi elle s'obſtine à le demander. La
l'*Ange* à qui *Du Barry* avoit fait appercevoir les ſuites heureuſes que pourroit avoir
ſon introduction dans les plaiſirs ſecrets du
Roi, s'en étoit fait une idée trop avanta-
geuſe pour ſe déſiſter après une ſeule demande; elle revint donc à la charge, &
preſſa ſi fort & ſi vivement *Le Bel*, que
malgré les riſques évidents auxquels il s'expo-
ſoit par une démarche ſi imprudente, il
paſſa par-deſſus toutes les conſidérations, &
ne s'attendant pas ſans-doute à donner une
Reine poſtiche à la France, il fut contraint
de promettre tout ce que la l'*Ange* exigeoit

de lui , & il se prépara à lui tenir sa parole.

L'on ne sait pas positivement, si cette ves-
tale étoit dans ce tems - là dans un état
de pureté , qui ne laissât rien à craindre
pour les suites de son approche ; on ignore
si *Le Bel* avoit sans aucune précaution ha-
sardé le *Paquet* , pour ce qui le concernoit en
propre , & si au risque de ne pouvoir pas
frayer le sentier à son maître pendant quelque tems , il s'étoit exposé à avoir recours à
Esculape pour se mettre en état de reprendre
l'exercice de ses fonctions dans toute leur étendue , mais ce qu'on sait positivement , c'est
que quand il fut question d'instruire la l'*Ange*
chez le Roi , il réfléchit sérieusement sur l'é-
tat dans lequel pourroit se trouver la santé de
cette Nimphe , & supposé qu'il eût pris quelque précaution pour lui-même , il les crut in-
suffisantes pour son maître : est-ce fidélité ,
attachement , & affection , pour le Roi ? ou
n'est-ce qu'intérêt particulier , qui le rendit si
exact ? Chacun peut penser là-dessus ce qu'il
voudra , toujours est-il certain , qu'il fit son
devoir en posant pour condition essentielle ,
qu'avant de faire la fonction d'Introducteur ,
il s'assureroit qu'il n'y avoit rien à craindre
pour le Roi ; la l'*Ange* qui ne pouvoit pas se
scandaliser d'un soupçon si injurieux à une
honnête

honnête femme , confentit de bonne grace
à donner des preuves évidentes de fa fanté ;
ou à travailler au plutôt à la réparer , fi elle
étoit jugée altérée : la vifite fut faite avec le
plus grand fcrupule , & on affure qu'un Médecin & deux Chirurgiens fameux & très-
connus , à la réquifition de *Le Bel* , fe rendirent chez *Du Barry* pour y vifiter la l'*Ange*.
Si cette précaution fut inutile , elle étoit au
moins prudente , & comme ces fortes de re-
lations fe font fans autorité de la Juftice ; on
ne les rend pas publiques, ainfi on ne fait pas ce
que ces vifiteurs rapportèrent à *Le Bel* , mais
on fait, qu'à quelques jours delà, étant parfai-
tement raffuré fur le point qui l'avoit inquiété
le plus, il vint la prendre à l'entrée de la
nuit, pour la conduire *incognito* à Verfailles ;
& pour préfider à l'entrée qu'elle devoit y
faire fans fuite , fans train , & fans cortége ,
telle que tant d'autres qui l'avoient précédée, avoient fait la leur pour la même raifon ,
c'eft-à-dire , pour avoir l'avantage d'amufer
en particulier, un Monarque , qui vouloit
bien de tems en tems fe dérober à fa Cour,
pour fe familiarifer pendant quelques heures
avec les derniers de fes fujets. (*e*) L'heure ,

du

(*e*) J'ai lu quelque part , que *Le Bel* connut

la

du rendez-vous arrivée , le Roi y fut exaſt à
ſon ordinaire, & le Miniſtre ſecret de ſes plaiſirs s'étant retiré, il traita la l'*Ange* en *Novice* ,
parce que toutes celles qui l'avoient devancée , ou en avoient le mérite , ou affeſtoient
de l'avoir. La l'*Ange* , avec une expérience
de près de dix ans , étoit ſuffiſamment agué-
rie pour n'avoir pas cette timidité qui ac-
compagne toujours la vertu , lorſqu'elle n'a
reçu encore que quelques légères atteintes,
ou lorſque les plaies qu'on lui a fait , ſaignent
encore ; d'ailleurs depuis le moment , où elle
avoit été aſſurée de l'honneur d'entretenir le
Roi en particulier , ſon Mentor *Du Barry* lui
avoit donné des avis ſur la conduite qu'elle
devoit tenir avec le Monarque dès ſa première entrevue ; & l'évènement a prouvé ,
que *Du Barry* avoit deviné la véritable façon
dont elle devoit ſe conduire , pour s'en mé-
nager d'autres qui la miſſent à même d'arriver , ſinon ſur le Trône , du moins auſſi près
que mortelle puiſſe en approcher , n'étant
pas reconnue pour Reine en titre. Le Roi ne
s'appercevant

---

la l'*Ange* chez Madame de St.... & que c'eſt
cette Dame qui l'engagea à venir prendre
une nuit chez elle , cette fille , pour la conduire à Verſailles. Ce ſentiment eſt tout-à-fait
contraire à la vérité.

s'appercevant pas d'abord du peu d'émotion que fa préfence infpiroit à la l'*Ange* , & fup-pofant raifonnablement qu'elle devoit en avoir, eut la bonté de vouloir la tranquillifer & de la raffurer : comme il étoit naturellement bon , il avoit accoutumé de dépofer dans ces occafions tout le fafte impofant de la royauté, & de fe comporter , comme un mortel ordinaire , avec ces fillettes qui malgré tout cela fe laiffoient tomber fans mouvement entre fes bras ; & ne recouvroient fouvent l'ufage de leurs fens , que long-tems après avoir quitté le Roi , quoiqu'on n'épargnât aucune des reffources ufitées pour les rappeller à la vie , avant de leur laiffer quitter le petit Parc aux Cerfs. Tous ces foins , de même que ceux que le Roi fe donna avant d'en venir au fait , furent très-inutiles pour la l'*Ange* : à fa contenance affurée que le Roi reconnut au peu de palpitation du cœur de cette belle , il la fixa , & fe voyant fixé lui-même avec une hardieffe qu'un Prince moins bon que lui , auroit pris pour une effronterie impardonnable , il fe trouva plus ardent qu'à fon ordinaire , & embrafé par le feu qui jailliffoit des yeux de cette nouvelle *Danaé* , il éprouva dans fes embraffements un plaifir qu'il n'avoit pas goûté depuis long-tems , par le retour de vivacité avec laquelle elle répondoit

G

aux

aux marques de tendreſſe qu'elle recevoit de
la part de ſon Roi. Ce n'étoit pas un beau ca-
davre inanimé dont il parcouroit les attraits ,
comme à ſon ordinaire , il retrouvoit dans la
l'*Ange* , tous les agréments & toutes les reſ-
ſources , à l'eſprit près , qu'il avoit trouvé
dans ſes défunctes Maîtreſſes , après une fréquentation de pluſieurs années ; en un mot
la l'*Ange* , qui n'avoit pour ainſi dire vu que
des hommes qui ne cherchoient avec elle que
d'aſſouvir leur paſſion , & qui s'étoit bien
trouvée de la ranimer & de l'exciter de nouveau , lorſque la Nature ſembloit demander
du repos , crut que tous les hommes ſont
hommes dans cette circonſtance , & confor-
mément à la leçon qu'elle avoit reçue , elle
ſe comporta avec Louis XV. comme elle
avoit accoutumée de ſe comporter avec tous
les autres , les agaceries & les eſpiégleries
uſitées en pareil cas , furent miſes en uſage,
elle rit , elle badina avec le Roi comme avec
un ſimple particulier , & ne ſe réſerva pas davantage qu'à ſon ordinaire. Loin que la di-
gnité du Monarque lui en impoſât , & que le
regard du Roi qui étoit naturellement fier
& perçant , l'intimidât , elle ne voyoit en lui
qu'un homme , aimable à la vérité , mais ordinaire. Enfin on ne peut pas mieux , je crois,
exprimer l'effronterie de cette dévergondée ,

qu'on

qu'on l'exprime à cette occafion dans un papier Anglois, où l'Auteur dit, que la l'*Ange*
jouoit avec la Couronne de Louis XV. , &
que du premier moment elle la regarda comme *un Bonnet de nuit qui leur étoit commun à
tous les deux* (ƒ)

Le Roi peu accoutumé à des familiarités
de cette efpèce, & n'aïant peut-être pas
encore goûté le plaifir de l'égalité, fi doux
& fi fenfible dans les ébats amoureux, en
fentit tout l'agrément, autorifa la l'*Ange* par
la fatisfaction qu'il en témoigna à fe livrer
à toutes les poliffonneries, ou même à toutes les extravagances qui font l'unique mérite de la très-grande partie de ces *Toupies*,
& qui font l'unique fonds de leur amabilité;
bien loin de fe rebuter par une continuité
d'indécences, qui ne peuvent plaire tout au
plus, que lorfqu'elles fervent à éguifer l'ap-
pétit, quand le fentiment eft devenu im-
puiffant à cet égard, le Roi au contraire,
trouva cet exercice fi joli, & prit tant de
goût pour ce Tactique V..... que cha-
cune des évolutions que la l'*Ange* en exé-
cutoit, étoit, comme dit un *de fes Hiftoriens*,
un

(ƒ)..... the dignity of his crown, any
more than if it had been *a common night-cap*.

un *nouveau chaînon qu'il ajoutoit à sa brillante chaîne.* (g)

Aussi , lorsqu'après son installation à la Cour, tout le monde fut pleinement convaincu qu'elle n'avoit rien par elle-même, excepté sa figure , qui fût en état de former une passion constante , & un attachement réel, le *Duc* de *Richelieu* demandant au Roi, ce qu'il trouvoit dans cette femme, capable de le fixer au grand étonnement de toute sa Cour, ce Monarque lui répondit, qu'*elle étoit la seule en France , qui trouvoit le secret de lui faire oublier , qu'il étoit sexagénaire.* (h)

Le Roi en quittant cette première fois le Parc aux Cerfs, en en remettant la nouvelle amante à *Le Bel*, pour la reconduire à Paris, lui ordonna de la ramener dès le lendemain

au

(g) Addet its links to the chain.

(h) Ceux qui ne savent pas que le *Duc* de *Richelieu* avoit acquis le droit par ses longs services , de faire des demandes de cette nature, à Louis XV. , pourroient être surpris de son impertinence à cet égard. Mais on sait en France la raison qui pouvoit l'autoriser à faire cette démarche , qui dans tout autre sujet , eût été regardée comme un crime , & punie tout au moins par une prison perpétuelle.

au foir, & ainfi de fuite jufqu'à nouvel ordre. *Le Bel* fut autant furpris de cet ordre
qu'il étoit nouveau , car Louis XV. voyoit à
peine deux fois la même fille dans ce petit fecret Sanctuaire de l'amour. Le Miniftre de fes
plaifirs fut peu fenfible à la perte qu'il faifoit
d'une Maîtreffe à laquelle il s'étoit cependant fincèrement attaché , mais il penfoit trop
généreufement pour ne pas fe faire un vrai
plaifir de la céder à fon Maître , & comme
à la Cour toutes les charges & tous les emplois fon fujets à des viciffitudes prefque
continuelles, quoiqu'il eût tout lieu de croire
qu'il étoit affez folidement établi dans fon
pofte pour ne pas craindre de concurrent ,
cependant il fe flata de trouver dans la l'*Ange*
une puiffante Protectrice en cas que quelque
Antagonifte voulût entreprendre de le débufquer ; cette idée prévalant fur toutes les
autres , & prévoyant une partie de la faveur
à laquelle la l'*Ange* alloit parvenir , il fut le
premier à la féliciter fur l'heureufe perfpec-
tive qu'elle envifageoit , & lui demanda fa
protection avec des termes fi expreffifs , que
quand la reconnoiffance ne la lui eût pas
affuré , la bonté naturelle de la l'*Ange* n'eût
pu la lui refufer

De retour chez elle , ou plutôt chez *Du
Barry* , qui l'attendoit avec impatience , elle
raconta

raconta à fon Mentor tout ce qui s'étoit paffé dans cette entrevue, celui-ci en conçut les plus belles efpérances, & redoublant fes foins & fon attention pour donner des leçons utiles à fa *Pupille*, qui puiffent faire réuffir les Projets vaftes qu'il formoit déjà, il prit de fon côté les mefures les plus fures pour partager avec elle, finon les agréments de fa future condition, au moins les avantages réels de fa pofition.

Comme *Du Barry* étoit affez inftruit des ufages & des étiquettes de la Cour, quoiqu'il fût originaire d'une des Provinces qui en font les plus éloignées, il penfa aux moyens de mettre la l'*Ange* dans le cas de pouvoir être déclarée *Maîtreffe* en titre, fi le cas y échéoit, comme il n'en douta plus, après la troifième entrevue qu'elle eut avec le Roi. Sachant donc que toutes les Maîtreffes de Louis XV. étoient mariées, lorfqu'il les établiffoit dans fa Cour, il fongea à chercher un mari à la l'*Ange*, & pour être autant maître du mari, qu'il l'étoit déjà d'elle-même, il ne voulut pas courir le rifque de le choifir dans une famille étrangère à la fienne, afin qu'en cas de difgrace, les biens, les honneurs, les titres, les emplois, & tous les avantages obtenus & acquis par la faveur de la Maîtreffe du Roi, reftaffent dans fa

propre

propre maiſon , & qu'à tout évènement il
l'eût enrichie & illuſtrée avant que la faveur
de la l'*Ange* eût pris fin. Ne pouvant pas devenir lui-même le mari légal de ſa *Pupille*,
ayant déjà femme & enfans à *Lévignac*, &
ne pouvant le cacher au public, qui eût pu
aiſément le convaincre de *Poligamie*, s'il eût
été aſſez imprudent que de s'expoſer à com-
mettre un tel crime dans un Royaume où le
cas eſt *Pendable*, il jetta les yeux ſur un
Frère Cadet, qui étoit en Province, pour
en faire l'époux de ſa Catin, qui alloit paſſer
au poſte de celle du Roi : il écrivit donc en
Guienne , & envoyant l'argent néceſſaire
pour que ſon Frère pût ſe rendre promtement
auprès de lui , ſans lui marquer préciſément
de quoi il étoit queſtion , il l'exhorta de partir
tout de ſuite pour une affaire où ſa fortune
étoit intéreſſée. Il n'en eût pas tant fallu à un
jeune homme déſœuvré dans un petit endroit, dont toute l'occupation conſiſtoit à
battre les champs, & à ſuivre un chien d'arrêt
tout le long du jour, afin de tuer quelque
pièce de Gibier qui pût ſervir à augmenter
le petit ordinaire de ſa famille , qu'une très-
mince fortune forçoit à une frugalité exceſſive, il n'en eût pas tant fallu, dis-je, pour
engager le Chevalier *Du Barry* à quitter
avec plaiſir la Province pour venir dans la
Capitale ,

Capitale, qu'il n'eût certainement jamais vû
fans cet évènement extraordinaire , n'ayant
rien qui l'obligeât de différer un moment fon
voyage, il fe rendit fur le champ à Touloufe ,
& s'accordant pour une place dans la *Biouette*
du Courier, il arriva à Paris le cinquième jour
après fon départ de Touloufe. Comme fon
mariage avec la l'*Ange* étoit un mariage
de *Convenance* , & que l'amour n'y avoit aucune part , ni ne devoit y en avoir , les ar-
ticles du contrat déjà rédigés avant fon arrivée par fon aîné, qui faifoit en cette qualité
la fonction de Père , furent fignés par les
parties contractantes, fans contradiction , &
tout étant préparé pour ce glorieux Hirnen ,
les deux futurs Epoux furent fe jurer au pied
des autels , de ne pas vivre déformais l'un
pour l'autre, de ne pas s'aimer, de ne plus
fe voir , & fur-tout de fe manquer réciproquement de fidélité. On dit que de tous les
vœux le plus mal obfervé, eft celui que deux
perfonnes font réciproquement, lorfqu'elles
fe donnent leur foi & leur main en face de
la Sainte Eglife. Jamais Epoux n'ont été plus
fidèles aux leurs, que le Chevalier *Du Barry*
& fa Femme, & ils peuvent hardiment dé-
fier qui que ce foit, de leur prouver qu'ils y
ont manqué. On ne fait pas même , s'ils ne fe
font pas laiffé un moyen fur pour obtenir la

caffation

caſſation de leur mariage , en cas qu'ils vou-
luſſent en venir là , en ne le conſommant pas ;
ſi c'eſt par ce motif qu'ils n'ont jamais cou-
ché enſemble , ils ont pouſſé la précaution un
peu trop loin , dans un tems où l'on n'y regarde pas de ſi près , pour autoriſer les di-
vorces dans des perſonnes qui n'ont que des
raiſons ſpécieuſes , mais évidemment inſuffi-
ſantes pour ſe pourſuivre en juſtice ; peut-
être eſt-ce par une raiſon plus preſſante , que
l'honnêteté , l'ordre de la ſociété , & la Nature elle-même ſemblent autoriſer ; on ſe fa-
miliariſe en effet difficilement avec l'idée d'un
inceſte ; peut-être enfin , que Madame *Du
Barry* ſachant déjà ſa glorieuſe deſtination ;
vouloit ſe réſerver toute entiere pour le Roi ,
& que les vœux qu'elle avoit fait dans le
temple de l'amour , lui paroiſſant plus ſacrés ,
que ceux qu'elle auroit dû faire dans une
Egliſe *Catholique Romaine* , ou plus avantageux , elle s'en tint irrévocablement aux
premiers , & ne regarda les ſeconds que
comme une ſimple Cérémonie qui ne l'o-
bligeoit pas plus que ſi ſon mariage ſe fût
célébré ſur le théâtre , qui à cette formalité
près , n'eſt effectivement qu'une ſcène de
quelque petite piece qu'on appelle aſſez
communément *Farce.*

Le plus grand obſtacle , ou pour mieux

dire , l'unique qui s'oppofoit à fa grandeur ,
étant levé , Madame *Du Barry* , par les
Confeils de fon beau-Frère , preffa fon inf-
tallation auprès du Roi ; ce Monarque en
étoit déjà avec elle au point de ne pouvoir
plus lui rien refufer , fon inclination le portoit à accorder ce qu'elle exigeoit ; & quoique la Cour & la Ville fuffent déjà inftruites
des nouvelles amours de Louis XV. , & qu'on
en parlât fans beaucoup de ménagement , il
étoit le feul qui ignoroit ce qu'on en difoit ,
& qui croyoit fon intrigue enfévelie dans
le plus profond fécret. Malgré fa propre impatience à n'être plus contraint à fe réferver
avec Madame *Du Barry* , & à pouvoir lui
donner un appartement contigu au fien , &
conftamment occupé par les *Devanciéres* de
fa nouvelle favorite , il ne pouvoit fans choquer directement toutes les bienféances , &
qui plus eft toutes les coutumes , brufquer les
circonftances , & inftaller fans forme Madame
Du Barry , il reftoit encore certaines petites
formalités à remplir , & il fe difpofa tout de
bon à applanir toutes les difficultés.

Il commença par rompre ouvertement
avec Madame la Comteffe d'*Efparbés* , avec
laquelle il vivoit fi bien , qu'il ne manquoit
plus à cette Comteffe , que la cérémonie de
la *Déclaration* , pour être fenfée avoir fuccédé

à la Marquiſe de Pompadour. Il fut d'autant plus facile à Louis XV. de la renvoyer, que l'affaire du Régiment de *Piémont*, dont Mr. le Comte d'*Eſparbés* étoit Colonel, & dans laquelle on lui donnoit une part qui ne lui faiſoit pas honneur, étoit encore aſſez récente, & que Mr. le Duc de Choiſeuil qui avoit en vue de faire ſuccéder ſa Sœur à la place de la Marquiſe, preſſoit la diſgrace du Comte d'Eſparbés, croyant y entraîner la Comteſſe ſon Epouſe. Mr. le Duc de la Vrillière fut chargé à ſon ordinaire, de faire ſavoir à Mr. & à Madame d'Eſparbés par une *Lettre de Cachet* que le Roi les diſpenſoit à l'un & à l'autre de lui faire leur Cour ; & que l'intention de Sa Majeſté étoit qu'ils ſe retiraſſent à *Montauban* auprès de Mr. le Marquis de *Luſſan*, Père de Mr. d'Eſparbés, qui à cauſe de ſon grand âge, avoit beſoin de leur préſence.

Madame d'Eſparbés renvoyée, il ne reſtoit plus que de faire paroître une fois ou deux en Cour Madame *Du Barry*, afin, qu'ayant été préſentée ſelon l'uſage aux Dames de France & à toute la Famille Royale, elle pût l'être dans les formes à Sa Majeſté. Toutes ces préſentations n'étoient plus du reſſort ni du département de Mr. *Le Bel*, ſes fonctions ne s'exerçoient

çoient qu'au flambeau & dans le Parc aux Cerfs seulement ; il falloit des Introducteurs d'un rang bien supérieur ; heureusement pour le Roi , que son ancien Maître des Cérémonies , malgré son grand âge , vivoit encore , & qu'il pouvoit reprendre l'exercice de ses fonctions , & les remplir avec le même zèle qui lui avoit acquis la grande faveur dont il jouissoit auprès du Roi ; Mr. le Duc de *Richelieu* fut donc averti de se tenir prêt pour annoncer Madame *Du Barry* , & pour l'introduire chez le Roi , après qu'elle auroit été présentée à Mesdames.

Il est encore de l'Etiquette de la Cour , qu'avant qu'une femme quelconque soit présentée au Roi , elle doit l'avoir été auparavant , à la Reine , si le Roi n'est pas veuf , & à toutes les Princesses de la Famille Royale ; cette présentation se fait toujours par une ou deux Dames de la premiere distinction , attachées elles-mêmes au service de quelqu'une des personnes de la Famille Royale. (*a*) Dans une autre Cour que

---

(*a*) Quand un Ministre étranger , ou quelque personne de considération , doit être présentée en Cour , il doit commencer par l'être au

que celle de France, on eût été peut-être
en peine de favoir à qui s'adreffer , pour
trouver quelque Dame du premier rang qui
eût voulut fe charger de rendre ce fervice
important à une femme généralement reconnue pour C.... publique , fachant furtout
que c'étoit à ce feul titre , qu'elle étoit parvenue à l'honneur de fe faire connoître du Roi ,
& que ce n'étoit que pour perdre ce titre de
publicité, qu'elle devoit paffer à la Cour ,
en confervant néanmoins celui de C....
du Roi. La fonction de préfentatrice dans
ce cas, n'étoit pas fort honorable, & différoit peu de celle de M.... Royale, cependant le choix ne fut pas difficile à la
Cour de Verfailles, & à l'exception de la
Ducheffe de *Gramont* qui auroit eu des raifons particulières pour s'en excufer , il étoit
affez indifférent au Duc de *Richelieu* , de
s'adreffer aux unes ou aux autres des *Cour-*
tifanes ,

---

au Roi, & de chez le Roi, on le conduit
graduellement chez tous les Princes & Princeffes de la Famille Royale ; pour les *Fem-*
mes, la préfentation fe fait au rebours, &
ce n'eft qu'apiès avoir paffé fucceffivement
chez toute la Famille Royale qu'elles par-
viennent publiquement chez le Roi.

I

tifanes , pour les charger de l'honneur de le repréfenter dans une cérémonie dans laquelle il ne pouvoit pas remplir fon emploi par lui-même ; il n'en étoit prefque aucune, qui n'appréciât beaucoup l'avantage de fervir le Roi , & de remplir le pofte honorable de *Commis* du Duc de *Richelieu* dans la préfentation de Madame *Du Barry* aux Dames de France , les feules alors , depuis la mort de la Reine , chez qui elle dut paroître avant de parvenir chez le Roi *in formâ publicâ*.

Le jour étant pris pour cette cérémonie indécente à tous égards. Madame *Du Barry* fe rendit à Verfailles avec une fuite de domeftiques brillante & nombreufe , & comme c'étoit fa première fortie publique , on fe perfuade aifément , que Mr. *Du Barry* , fon beau-Frère avoit réglé le cortége d'une façon proportionnée à fon goût, à fes vues, à fa vanité , & furtout propre à ne pas humilier en apparence l'orgueil des Dames refpectables, qui avoient bien voulu faire l'honneur à fa belle-Sœur , de la préfenter à *Mefdames*, Cette préfentation fe fit donc avec les cérémonies d'ufage en pareil cas , & après que l'initiée eut fait fa révérence aux auguftes Princeffes , & qu'elle eut baifé le fond de leur *Robe*, au défaut de leur main que les vertueufes

Vertueuſes filles de Louis XV. lui refuſe-
rent héroïquement, elle ſe retira aſſez peu
ſatisfaite de l'accueil froid qu'elle venoit de
recevoir, auquel ſans doute elle ne s'attendoit pas, mais auquel elle auroit dû s'attendre, ſi une perſonne de ſon état étoit ſuſceptible de quelque ſentiment d'honnêteté ;
mais outre que Madame *Du Barry* paſſa à juſte
titre pour être très-bornée du côté du génie,
ſa bonne fortune l'avoit aveuglée au point
de croire, que la complaiſance forcée de
Meſdames pour leur Père, pût leur faire
oublier ce qu'elles devoient à l'honneur, à
leur auguſte naiſſance, à leur rang, en un
mot à la conſidération publique, & qu'elles devoient encore ſacrifier tout à l'obéiſ-
ſance filiale, & ſe ſoumettre de bonne
grace aux volontés d'un Père, qui dans cette
occaſion, comme dans bien d'autres de cette
nature, n'auroit pas dû mettre leur ſou-
miſſion à de ſi rudes épreuves, & auroit
mieux fait d'abolir une Etiquete auſſi
déshonorante pour ſes enfans, qu'elle eſt
ridicule & inutile. Madame *Du Barry* eut
la ſottiſe de ſe plaindre au Roi de l'accueil
peu flatteur que Meſdames lui avoient fait,
& le Roi eut aſſez de ſentimens pour ne
pas épouſer ſa querelle, pour n'avoir aucun
égard à ſes plaintes, pour ne pas en mar-

I 2   quer

quer le moindre reſſentiment, & pour au
contraire en eſtimer & en aimer davantage
ſes filles, qui méritoient à plus d'un titre
toute ſa tendreſſe.

Dans l'intervalle du Mariage de Madame
Du Barry, & de ſon inſtallation en Cour,
les libéralités du Roi lui avoient donné le
moyen de monter une maiſon des plus brill-
lantes, ou plutôt ſon beau-Frère, ſon Mentor, ſon Régiſſeur & ſon Tout, ſembloit
avoir épuiſé tout ce que la folie, la vanité & le bon goût peuvent ſuggérer pour
donner à la maiſon de ſa belle-Sœur, &
par contre-coup à la ſienne, ce ton, cette
élégance, & cet air de ſomptuoſité, qu'on
ne ſoutient jamais qu'aux dépens du public, & que lui-même malgré les fonds du
Thréſor Royal, ou de la Caſſette du Roi,
ne put ſoutenir un mois, ſans endetter Madame *Du Barry* de plus de cent mille livres. Pendant ce même intervalle, en chan-
geant d'hôtel, il avoit jugé à propos de
conſerver *l'enſeigne* du premier logement
qu'il occupoit, lorſqu'il n'avoit qu'un *Tri-*
pot, il avoit ſeulement pris la précaution
de faire effacer, *maiſon à jouer* & n'avoit
laiſſé que les *&c. &c. &c.* mais en attendant
il ſe donnoit tous les ſoins imaginables
pour ſe faire de puiſſants Protecteurs en
Cour &

Cour, afin d'y foutenir fa belle-Sœur con
tre les puiffantes caballes qu'il ne pouvoit pas
ignorer fe former déjà contr'elle. Le parti
qu'il lui étoit oppofé, étoit d'autant plus
formidable, que le Duc de *Choifeuil* étoit
à la tête de toutes fes créatures pour ta
cher de renverfer du Trône Madame *Du
Barry* qui n'avoit encore qu'un pied fur le
premier dégré, & qui étoit à la veille de
les affranchir tous, pour aller prendre pla
ce à côté du Roi.

Luter contre le Miniftre favori de Louis
XV. étoit le projet le plus hardi, & le plus
téméraire ; auffi *Du Barry* en connut-il
dabord tout le péril ; & quoiqu'il eût autant &
plus de fineffe que fon adverfaire, n'ayant
pas à beaucoup près le même pouvoir en
main, il commença par tâcher d'aprivoi
fer & d'adoucir, s'il étoit poffible, ce Lion
furieux ; il connoiffoit fon foible, & il ten
ta de le féduire par l'endroit le plus déli
cat, il eût infailliblement réuffi à le cal
mer, fi le *Duc de Choifeuil* n'eût eu des
raifons de famille plus fortes que fon in
clination naturelle, à confulter, & qui tout
confidéré, affermiffoit plus furement fon cré
dit & la faveur, en faifant occuper à fa
fœur le pofte qui paroiffoit deftiné à Ma
dame *Du Barry* ; cette confidération lui fit
refufer

refuser généreusement toutes les offres séduisantes que *Du Barry* lui fit; il eut beau lui promettre que sa belle-sœur ne se guideroit que par ses avis à la Cour, qu'elle ne se mêleroit que de coucher avec le Roi, qu'il conserveroit toujours la même autorité dans le Royaume, & le même ascendant sur l'esprit du Roi; qu'elle feroit avec lui une ligue offensive & défensive contre tous les honnêtes gens, qu'elle n'oublieroit jamais l'obligation qu'elle lui auroit, & qu'en un mot il se chargeoit de lui faire donner par sa belle-sœur, tels otages qu'il jugeroit à propos pour la sureté de la parole, qu'elle lui donneroit, de ne jamais séparer ses propres intérêts des siens, même aux dépens de la fidélité qu'elle devoit à son Roi; tout fut inutile: M. le *Duc de Choiseuil* refusa de se prêter à aucun arrangement, méprisa des otages qui avoient été si souvent donnés, & ne se désista de traverser les desseins de *Du Barry*, & de s'opposer à l'installation de Madame *Du Barry*, que lorsque voyant tous ses mouvemens inutiles, & reconnoissant pour la première fois, que son crédit n'étoit pas aussi fort qu'il se l'étoit persuadé, depuis la mort de la fameuse Marquise, il fut obligé de se soumettre aux volontés du Roi, de permettre

ce qui'l ne pouvoit pas empêcher, & qui
pis eſt de faire ſa Cour, & de ramper in-
dignement aux pieds d'une femme, dont
il avoit méprisé l'état, la puiſſance & les
appas. (k)   *Du*

(*k*) Quelques perſonnes mal inſtruites
ont cru, que Madame *Du Barry* devoit ſon
élévation à Mr. le *Duc de Choiſeuil*, que
c'étoit ce Miniſtre qui l'avoit procurée au
Roi, après s'en être dégoûté lui-même, &
que lui trouvant une négation de génie propre
à ſes vues ambitieuſes, il avoit cru devoir
la préférer à toute autre, pour en faire la
maîtreſſe du Roi, ſe promettant par-là, de
ſe faire un double mérite auprès du Monarque,
ſans courir le riſque d'être détruit lui-même
par l'ouvrage de ſes mains, n'etant plus d'hu-
meur de ramper ſervilement aux pieds d'une
Sultane favorite, comme il avoit été obligé
de le faire, pendant le règne de Madame de
Pompadour. Ce ſentiment qui ne manque pas
de vraiſemblance, & qui paroît fondé ſur
des principes analogues à la façon de penſer
de cet ancien Miniſtre, eſt cependant contraire à la vérité, quant à ce qui regarde
la préſentation de Madame *Du Barry* par le
Duc de Choiſeuil. Il peut ſe faire, qu'avant
que cette femme eût porté ſon ambition ſi
haut, elle avoit ſervi aux plaiſirs de ce grand
Homme, mais toujours eſt-il vrai, qu'elle
                                        n'avoit

Du Barry trouvant le *Duc de Choifeuil* intraitable, & fortement déterminé à traverfer fes projets, fe jetta à corps perdu dans le parti qui étoit oppofé à ce Miniftre, & fe lia étroitement avec Mrs. les Ducs de *Richelieu*, d'*Aiguillon*, &c. Il lui fut d'autant plus aifé de lier fecrètement la partie avec eux, que ces Seigneurs depuis qu'ils s'étoient apperçus du goût du Roi pour Mad. *Du Barry*, lui faifoient affidument leur Cour dans fon hôtel, & commençoient à rechercher fa protection, prévoyant bien, qu'elle pourroit leur être d'un grand fecours, pour fupplanter un rival qui paroiffoit fi difficile à débufquer d'un pofte, qu'on lui envioit. C'eft fans-doute par reconnoiffance pour fes premiers courtifans, qui lui avoient rendu leurs hommages, avant que fa gloire fût tout-à-fait décidée, que Madame *Du Barry* les a conftamment protégés, & que rien n'a pu altérer fon attachement pour eux, que la mort inopinée du Roi. Mr. *Du Barry*, fa belle fœur, Mr. le Duc de Richelieu & fon neveu, avoient déjà réglé tout

---

n'avoit jamais été vuë par M. de *Choifeuil*, dans l'intention d'en faire la Maîtreffe de Louis XV.

tout le plan de leurs opérations, avant que Madame *Du Barry* s'établit à la Cour ; & si ce plan s'est exécuté lentement, c'est qu'ils n'avoient pas prévu, en le formant, trouver autant d'obstacles, ni éprouver une si vigoureuse résistance de la part du chef de leurs adversaires, d'autant plus difficile à vaincre, que dans l'impossibilité de leur résister en face, il avoit eu l'adresse de faire semblant de se ranger de leur parti, en se contentant de leur porter des coups cachés, qui heureusement portoient à faux, & qui enfin tournèrent contre lui-même.

Quelques jours après, que Madame *Du Barry* eut été présentée à Mesdames, par les deux femmes, qui en répondant au choix du *Duc* de *Richelieu*, répondoit indirectement aux desirs du Roi, aux dépens de leur honneur, de leur gloire, de leur réputation, & de l'estime des Dames de France qu'elles perdirent sans retour, celui auquel elle devoit paroître en public chez le Roi, fut déterminé par le Roi même, qui chargea le *Duc* de *Richelieu* d'en avertir Madame *Du Barry* & ses introductrices, afin que cette réception eût tout l'éclat qu'elle devoit avoir. Trois jours avant celui de la cérémonie, Mr. *Du Barry* donna tous les ordres nécessaires, afin que l'équipage, les livrées, & en un

K   mot

met tout ce qui devoit paroître avec éclat
à la fuite de fa belle fœur, fût dans le meilleur ordre, & répondît à fon triomphe:
pendant ces trois jours les maîtreffes de cérémonie fe rendirent affiduement chez elle,
pour achever de la façonner, afin qu'elle
n'eût pas un air neuf & gauche, en fe pro-
duifant dans une Cour, dont les manières,
le maintien & la contenance demandent une
étude particulière, quand on a auffi peu d'habitude qu'en avoit Madame *Du Barry*. Elle
n'avoit pas la reffource d'y payer d'effronterie, comme elle faifoit, quand elle voyoit
le Roi en fon particulier; le ton de Catin
qui plaifoit au Roi dans le petit *Parc aux
Cerfs*, & qui étoit le feul qu'elle fût prendre
fans fe gêner, lui auroit extraordinairement
déplu, fi elle l'eût pris en préfence de toute
fa Cour; elle auroit couvert le Roi de confufion, & elle fe fût expofée à fe faire chaffer,
comme elle l'eût méritée, fi au lieu d'une noble modeftie, elle eût développée, en débu-
tant, toute l'effronterie de fon état.

Le Roi fachant l'heure & le moment qu'elle
devoit arriver à Verfailles, fe tint au balcon
du Pavillon, qui fait face à la grande avenue
de Paris, pour avoir le plaifir fans-doute de
voir, fi fon Equipage & fa Livrée avoient
été choifis avec goût, ou par un pur effet

d'impatience

d'impatience naturelle aux tempéraments vifs, que l'attente d'un plaifir fait toujours courir au-devant de lui : le cortége paroiffant au fond de l'aveuue, & un peuple innombrable, prévenu de fon arrivée, s'étant affemblé à la grille, par un efprit de curiofité, bien pardonnable en pareille circonftance, le Roi s'en étant apperçu, s'adreffa à Mr. de *Choifeuil*, & lui demanda avec un ton d'ignorance affectée, ce que ce peuple faifoit à la grille du chateau, & ce que tout ce tumulte fignifioit; » Sire, lui répondit le Duc, ce » peuple informé que c'étoit aujourd'hui que » Madame *Du Barry* devoit avoir l'honneur » d'être préfentée à votre Majefté, eft ac- » couru de toutes parts, pour être témoin » de fon entrée, ne pouvant l'être de l'a- » cueil que votre Majefté lui fera ». L'orgüeil du Roi fut humilié par cette réponfe il fentit toute la méchanceté qu'elle renfermoit, & il eut la générofité de ne pas la punir ; il comprit une partie du ridicule qu'il fe donnoit, & qu'il alloit combler en préfence de toute fa Cour. Ne voulant pas cependant reculer, la chofe étant trop avancée, étant d'ailleurs réfolu à fe donner une Maîtreffe en titre, il voulut éluder pour ce moment, l'efpèce de honte à laquelle il s'expofoit, & redoutant les approches de

cette

cette entrevue publique , il crut se mettre
à l'abri du désagrément qu'elle avoit déjà pour
lui , & qu'il n'avoit pas prévu, en donnant
ordre de différer sous quelque prétexte , la
présentation de cette nouvelle Courtisanne ;
il se tourna du côté du *Duc* de *Richelieu* qui
éto't près de sa personne , & le chargea de
renvoyer la partie à un autre jour ; ce Seigneur s'empressant de remplir les nouveaux
ordres qu'il venoit de recevoir , se disposoit
à sortir de l'appartement du Roi , pour les
exécuter, mais il n'en étoit plus tems ; en ou-
vrant la porte , il rencontra Madame *Du*
Barry & ses deux assistantes , & croyant ne
pouvoir pas *décemment* les faire reculer , il
prit le partit d'ouvrir, d'introduire ces Dames,
& de crier à haute voix, en s'adressant au Roi.
» *Sire* , *la voïci* , *s'il plaît à votre Majesté*
» *qu'elle entre* , *elle est ici* ». Jamais coup de
Théâtre n'a été mieux exécuté ; jamais scène
n'a été mieux rendue , par la position &
la contenance naturelle de tous les différens
acteurs qui y jouoient un rôle intéressant ; le
Duc de *Choiseuil* qui avoit entendu l'ordre que
le Roi avoit donné , pour le renvoi de la
cérémonie, s'applaudissoit en secret , d'avoir
réussi à humilier d'un même coup le Monarque & le *Duc* de *Richelieu* ; peut-être même
se flattoit-il d'avoir tout-à-fait détourné l'o-
rage

rage qui grondoit sur sa tête , en reculant une installation , qui par là pouvoit bien n'avoir jamais lieu ; le *Duc* de *Choiseuil*, dis-je, s'en raportant à peine à ses yeux, resta confondu & immobile , lorsqu'il ne put plus douter , que Madame *Du Barry* étoit dans l'appartement , & que déjà le Roi la recevoit avec une distinction qui marquoit l'attachement qu'il avoit pour elle ; le *Duc* de *Richelieu* ne pouvoit cacher la joye pure & parfaite qu'il goûtoit d'avoir triomphé de son rival au moment où il avoit tout-à-fait désespéré de la victoire pour cet instant ; les Courtisans rioient sous cape , & pouvoient à peine s'empêcher d'éclater , en voyant l'humiliation du premier de ces Ducs, qu'ils détestoient , & le triomphe du second qu'ils méprisoient ; & enfin , Madame *Du Barry* , malgré les leçons de modestie qu'elle avoit reçu, se présenta avec un air assez libre , qui prouvoit qu'elle avoit vu le Roi plus d'une fois en particulier ; tant il est vrai que les préjugés de l'éducation prévalent toujours , & que tout l'artifice possible ne peut pas totalement en cacher les sentimens & les manières.

Le Roi vit avec la plus grande satisfaction, que ce moment qu'il redoutoit si fort , s'étoit enfin passé sans , pour ainsi dire , qu'il eût eu le tems d'en sentir tout le désagrément,

& cet inftant qu'on peut regarder comme celui du dénouement de cette plaifante comédie, fut fi bien ménagé, qu'à peine fa Majefté eut-elle le tems de s'appercevoir du rôle ridicule qu'il jouoit dans cette pièce comique: le Roi, Madame la Comteffe *Du Barry* & toute la Cour, ne pouvoient fe tromper fur le motif qui avoit affemblé devant le château cette foule, dont l'afpect tumultueux avoit couvert Louis XV. de confufion, il ne fut pas difficile d'en attribuer toute la malice à Mr. le *Duc* de *Choifeuil*; on en devina aifément le principe, & l'évènement penfa juftifier que ce fin courtifan, en envoyant fes émiffaires fecrets, pour affembler cette populace, avoit pris le parti le plus fûr, pour traverfer les deffeins du Roi lui-même, fans qu'il pût en être directement accufé; tout autre, moins en faveur que le *Duc* de *Richelieu*, & moins verfé dans les rufes de Cour, eût exécuté à la lettre les ordres du Roi, eût manqué par là la plus belle occafion de mériter les éloges de fon maître, d'augmenter fon crédit, & fur-tout d'humilier un rival redoutable, en rendant toutes fes fineffes inutiles. Auffi les parties intéreffées en tinrent-elles tout le compte qu'elles devoient à l'un & à l'autre de ces Seigneurs, & on ne fait pas pourquoi la difgrace du premier, ne fuivit que quelques années après

après son imprudence , qu'on peut regarder comme une véritable impertinence. La cérémonie de l'installation étant finie , chacun se retira pour s'applaudir , ou pour dévorer son chagrin à proportion de la part qu'il prenoit à cet évènement, mais le nombre des indifférents, & par conséquent des rieurs fut le plus grand. La nouvelle installée , outre l'honneur de son inauguration , en recueillit tout le profit pour elle , pour la famille dans laquelle elle avoit pris un Epoux , & pour toutes les créatures qu'elle acquit dans la suite , ou qui lui étoient déjà dévouées. Elle sortit de chez le Roi avec le titre de *Comtesse* , que le Roi lui accorda ; car il falloit un titre à une Dame de Cour , & celui de *Madame Du Barry* , sans accessoir , eût mal sonné ; d'ailleurs l'étiquette exigeoit une qualification honorable ; & en France lorsque la naissance n'en donne pas , il n'est pas difficile d'en obtenir le brevet ; ces graces dépendant entiérement du bon plaisir du Roi , quand on n'est pas assez heureux que de pouvoir s'adresser directement à lui , on peut facilement , moyennant de l'argent , acheter la protection de quelque courtisan , qui par sa médiation & ses bons offices obtient les graces de cette nature.

En sortant de chez le Roi , Madame la

 Comtesse

Comteſſe Du Barry, fut conduite dans l'apartement deſtiné aux Dames de ſa condition ; ſa Dévanciére feue Madame la *Marquiſe de Pompadour*, qui l'avoit occupé pendant trop long-tems, l'avoit rendu aſſez commode & aſſez ſuperbe, pour que la nouvelle favorite pût s'en contenter ; elle y reçut bientôt après les hommages de toute la Cour ; elle y vit à ſes pieds tous les Miniſtres, même l'orgueilleux ennemi qu'elle venoit de terraſſer, & enfin tous ceux qui croyoient avoir un intérêt réel à flater ſa vanité, ne ſe firent aucun ſcrupule de venir changer en éloges exagérés, *les Satires mordantes*, & les traits indécents qu'ils avoient lancé contre elle, avant ſon élévation ; on vit ſur-tout les ſavans, les artiſtes, & toute cette *ſequelle* d'importuns, aſſiéger la porte du temple de cette nouvelle divinité, mandier humblement la faveur d'y être introduits, pour dépoſer aux pieds de l'idole leurs offrandes, qu'une adulation intéreſſée ſui faiſoit porter ; le Savant lui offrit le fruit de ſes veilles ; l'Ecrivain, celui de ſon plagiat ; l'artiſte celui de ſes ſueurs, & tous vinrent briguer l'honneur de travailler ſous les auſpices d'une nouvelle Muſe, qu'Appollon ne reconnoiſſoit pas à la vérité, mais que le maître du Parnaſſe François, par un pur

mouvement

mouvement de sa suprême volonté, éleva
à l'honneur d'être la protectrice de tous ceux
qui s'empressent de concourir à la gloire de
son règne, en consacrant leurs talens aux
progrès des sciences & des arts.

La vie qu'elle avoit mené jusques-là, &
celle qu'elle alloit mener, étoient trop différentes, pour qu'elle passât de l'une à l'autre,
avec cette aisance qui découvre un génie
noble, élevé, & propre à se plier à tout.
Dans sa premiere façon de vivre, tout sem-
bloit lui être permis, & ayant secoué le
joug des bienséances, les étourderies, les
caprices, les bouderies, les hauteurs, &
même les indécences passoient pour des gen-
tillesses de son état, qui trouvoient peu de
Censeurs, au lieu qu'à la Cour, quand tous
ces défauts ne sont pas autorisés par une
naissance illustre, ils couvrent de ridicule une
femme qu'on ne croit pas née pour aller de
pair avec les grands, & que le seul hasard,
& la faveur, ont placée à côté d'eux : il
n'est donc pas surprenant que la nouvelle
Comtesse fit des faux pas sans nombre dès
sa première entrée, & qu'elle s'exposât à
des petites mortifications, qui eussent été
bien plus grandes, si le respect qu'on devoit
au Roi, & la crainte d'encourir sa disgrace,
ne l'eussent mise à l'abri de tous les désagré-
mens,

mens ; que sa faveur lui épargna. Les leçons sur son maintien à la Cour, ne lui manquoient pas ; mais soit qu'elle négligeât d'en profiter, ou qu'elle ne sût pas en profiter, il est certain que ses premières hauteurs, & les libertés outrées qu'elle crut pouvoir se donner, augmentèrent le nombre de ses ennemis, & que s'il eût été possible de la précipiter en bas du Trône, au haut duquel elle étoit montée, sans aucun mérite, que celui qui lui étoit commun avec tant d'autres, sa chûte auroit suivit de près son élévation ; mais toutes les tentatives à ce sujet furent inutiles ; elle conserva son orgueil, son impudence, toutes ses mauvaises qualités avec l'attachement de Louis XV., pendant que tous ceux qui avoient à se plaindre d'elle perdirent leurs peines & leurs soins pour lui faire perdre son crédit, qui quoique naissant, se trouva assez affermi pour triompher de tous ceux qui travailloient sous main à le détruire ; car quoiqu'en apparence toute la Cour lui parût dévouée, à l'exception des *Ducs* de *Richelieu* & d'*Aiguillon*, du *Chancellier*, & de quelqu'autre, elle pouvoit compter autant d'ennemis cachés qu'il y avoit de Courtisans.

M. *Du Barry* qui ne lui connoissoit pas les talens nécessaires pour pouvoir être avec

honneur

honneur à la tête des affaires de l'Etat, &
pour remplacer à cet égard Madame la *Marquise de Pompadour*, lui avoit sur-tout re-
commandé de ne pas s'en mêler d'aucune
façon, pour ne pas courir le risque sans
doute, de faire faire de faux pas au Roi, qui
par un juste ressentiment auroit pu lui faire
porter toute la peine de sa témérité ; il lui
avoit conseillé de n'employer son crédit
que pour obtenir des honneurs & des richesses pour ceux de ses parens qui étoient
les seuls qui en fussent susceptibles ; aussi
suivit-elle ce sage conseil de point en point,
& on n'a jamais su qu'elle ait pris part aux
démêlés des Parlemens avec le Roi, ni aux
affaires qui se trouvoient dans une crise assez
critique, lorsque tout paroissoit annoncer une
guerre avec l'Angleterre , quoiqu'on ait
assuré sans fondement qu'elle avoit reçu en
présent de la part de cette nation , outre
des sommes assez considérables, une *ai-
grette* de diamans d'un travail & d'un prix
infinis, & que moyennant ce cadeau , elle
s'étoit engagée à obtenir la disgrace de Mr.
de *Choiseuil*, qui à ce qu'on croyoit vouloit absolument la guerre, dont il avoit sour-
dement tramé le prétexte en Espagne par
des vues d'intérêt particulier ; mais quand
bien même on devroit lui faire honneur de

la

difgrace de ce Seigneur , elle avoit affez de motifs perfonnels pour la folliciter , & affez de crédit pour l'obtenir , fans que l'Angleterre , l'animât à la perte d'un homme qu'elle étoit fi fort intéreffée d'humilier & de profcrire.

On raconte comme un fait certain, une répartie de Madame la Comteffe *Du Barry.* Mr. le Duc de *Choifeuil* , qui approuveroit en elle plus d'efprit qu'on ne peut lui en attribuer , & qui par-là me paroît un peu fufpecte : cependant comme elle auroit pu être étudiée pour être faite dans l'occafion qui pourroit fe préfenter affez fouvent , je la rapporterai telle qu'on la trouve dans un papier Anglois , qui en fait honneur à Madame la Comteffe. On affure que, jouant un jour au *Whift* , & ayant pour partenaire Mr. de *Choifeuil* , elle dit avoir gagné la partie *par les honneurs* qu'elle avoit.... *Comment cela eft-il poffible ?* répondit le Duc ; *je n'en ai aucun : je le fais ,* lui répondit Madame *Du Barry ; mais je les ai tous fans vous.* (*l*) Si l'anecdote eft vraie , il n'eft pas improbable ,

---

(*l*) *La Barry* happening to be Choifeuil his partner , faid fhe was up by honnours , how.

improbable ; que le Comte *Du Barry* eût
fuggéré à fa belle-Sœur une répartie qu'il
n'étoit pas difficile de prévoir devoir avoir
lieu dans un tems ou dans un autre , puifque
ce jeu Anglois donne occafion de pouvoir
la faire plus d'une fois dans la même partie ;
& qu'il a tellement prévalu en France , que
pendant plufieurs années il a été le feul jeu de
commerce qu'on ait joué dans tout le Royaume , après avoir commencé par devenir à la
mode à la Cour.

Quand on affure que Madame la Comteffe *Du Barry* ne s'eft nullement ingérée
dans l'adminiftration politique de l'Etat , on
n'entend pas par-là qu'elle n'ait eu beaucoup de part dans la nomination aux emplois honorables & lucratifs , & même à
ceux de la première importance. C'étoit un
moyen trop fûr d'augmenter fa fortune , pour
qu'elle le négligeât ; d'ailleurs l'ufage étoit
trop conftant ; & Madame de Pompadour
fur-tout l'avoit trop bien établi , pour que
la nouvelle Maîtreffe du Roi y dérogeât.

Après

---

how can that be , anfwered he , I hâve not
any , knows that , replied the Ládi ; but
i have the honnours without you.

M

Après avoir fait pleuvoir pour ainſi dire les graces ſur ſes beaux-Frères, ſes Neceux, &c. & après les avoir placés & ſolidement établis dans les poſtes d'honneur, auxquels ils n'euſſent jamais oſé prétendre, & pour leſquels ils n'étoient nullement faits ; ſi le crédit de cette nouvelle *Païſanne parvenue* ne les y eût élevés, elle penſa ſérieuſement à vendre ſa protection & à en tirer le meilleur parti poſſible. --- Il eſt en France quantité d'emplois de conſéquence qu'on ne peut remplir qu'avec l'agrément du Roi , même après les avoir achetés ; il eſt encore quantité de diſpenſes d'âge qu'il faut obtenir de la Cour pour pouvoir entrer en plein exercice de certaines charges dans le Royaume ; en un mot il eſt quantité de ſurvivances qu'on brigue, ce ſont autant de petites mines abondantes d'or & d'argent, pour les Médiateurs dont on ſe ſert afin d'obtenir de ſimples graces de la part du Monarque qui les acorde toujours *gratis pro Deo*, mais qui ſous main ſe financent quelquefois plus cher que l'emploi lui-même ; or quand il y a une Maîtreſſe en titre, elle eſt ſeule en poſſeſſion de ces mines, elle ſeule les fait exploiter à ſon profit, parçe qu'elle ſeule eſt le canal par lequel ces graces découlent ; & c'eſt toujours le plus offrant & dernier enchériſſeur

enchérisseur qui les obtient quand il y a
concurrence de Candidats ; ce sont ces parties casuelles de la Maîtresse du Roi, qui
servent de fonds à ses menus plaisirs. Pendant le règne de Madame la Comtesse *Du
Barry*, on ne compte qu'un seul homme
qui soit parvenu sans intrigue, sans s'y attendre, & par son seul mérite, à un poste
des plus honorables dans l'Etat, & celui de
tous qui demande peut-être le plus de pro-
bité, de désintéressement, de discernement,
& d'honneur, c'est celui de *Sécrétaire* au *Département de la Guerre* ; Mr. le Marquis de
Montainard, à la sollicitation d'un Prince
du Sang qui sait apprécier le mérite, fut
appellé du fonds de sa Province, pour être
mis à la tête de ce Bureau, sans que les
sollicitations de Madame *Du Barry* en faveur de Mr. le Duc d'*Aiguillon*, ayent pu
l'emporter que quelques années après ; cependant elles ne restèrent pas tous-à-fait in-
fructueuses ; car pour dédommager ce Seigneur, qui l'avoit si bien servie, lors de son
installation, elle lui obtint par *interim*, le
Département des affaires, étrangères, après avoir
engagé le Roi à couper court, par sa seule
autorité, à des procédures que les Parlemens
du Royaume, de concert avec les Pairs,
jugeoient assez graves, pour prononcer à
l'extraordinaire

l'extraordinaire contre ce ci-devant Gouver-
neur de la Province de Bretagne.

Quoique toutes les Loix Ecclésiastiques
proscrivent la *Simonie*, & prononcent les
plus grandes peines contre les *Simoniaques*,
& que les Conciles & les Papes ayent
lancé de tous temps les plus terribles Ana-
thèmes contre ceux qui achétent argent
comptant les Bénéfices, ou même qui n'at-
tendent pas patiemment que Dieu les appelle, pour travailler à la sanctification de
son Peuple, cependant par un cinquième article des *Libertés de l'Eglise Gallicane*, non-
exprimé à la vérité; mais que la tradition
immémoriale a fait passer en force de Loi
dans le Clergé de France, il n'est aucun
Bénéfice à Nomination Royale, sur-tout,
qui ne s'obtienne par faveur, & à force
d'argent qu'on donne toujours à titre de
présent à ceux qui se chargent de faire
valoir auprès du Collateur le mérite, la
piété & la science du postulant; c'est encore ici une seconde source presqu'aussi abon-
dante que la première, pour la favorite du
Monarque, & de laquelle Mad. *Du Barry*
a tiré le plus grand parti; quoique la feuille
des Bénéfices ne fût pas en ses mains, ceux
à qui elle est confiée, n'oseroient se refuser à
la sollicitation d'une personne qui pourroit

dant

dans un moment la leur ôter; pour la faire donner à quelqu'un qui connoîtroit mieux sa dépendance & sa subordination, & cet emploi important donne un trop grand relief, & approche de trop près de la personne du Roi, pour que le *Sécrétaire à ce Département* veuille s'exposer à perdre un emploi qui le met à même de se faire faire la Cour par ce qu'il y a de plus grand dans le Royaume, & de trouver pour lui-même des douceurs qu'il n'auroit certainement pas dans tout autre emploi. Mr. de *Jarante*, Evêque d'Orléans, savoit trop bien ce qu'il devoit à son ambition, à ses intérêts, & au crédit de la Maîtresse de Louis XV. pour se refuser aux sollicitations qu'elle lui faisoit en faveur des jeunes Abbés de Cour, pour lesquels elle avoit des raisons particulières de s'intéresser, & qui sans sa protection ne seroient parvenus que plus tard, ou peut-être même jamais, à des Bénéfices riches, qui les mettent à même d'étaler tout le luxe, & de se livrer à toute la molesse de leur état.

Madame *Du Bary* & Mr. le Sécrétaire de la *Feuille* vécurent donc de la meilleure intelligence du monde, jusqu'à la disgrace de ce dernier, leurs inclinations étant à peu près les mêmes, leur façon de vivre ne différoit guères non plus, & ce Prélat aimoit au-

N   tant

tant les femmes que Madame *Du Barry* aimoit les hommes ; leurs intrigues n'étoient
ni mieux palliées , ni plus fecrètes , & le
raport fympatique qu'on ne pouvoit s'empêcher de remarquer entre eux ; ne différoit malheureufement pour l'Evêque , que
dans un feul point , il étoit l'ami à vendre
& à engager du Duc de *Choifeuil* , & Madame *Du Barry* étoit fa plus acharnée enne-
mie ; la fupériorité du crédit de celle-ci l'em-
portant fur les bons offices de l'autre en faveur
de ce Duc , Mr. *de Jarante* fut envelopé dans
la ruine de fon ami , pour avoir voulu luter
contre la Sultane favorite , par une démarche
auffi hardie que téméraire ; à fa prière une
des filles du Roi follicita la grace & le rapel
de Mr. de *Choifeuil* ; le Roi a la foibleffe de
le dire à Madame *Du Barry* ; elle l'emporte
fur les follicitations de Madame *Victoire* , &
ajoute à l'éclat de fon triomphe , l'humiliation , & la perte de M. l'Evêque d'Orléans ,
qui forcé de rendre compte de fon adminiftration , & de la caiffe des Economats dont il
avoit la direction , fe trouve court de plufieurs
Millions , & ne pouvant , ou n'ofant décemment en affigner l'emploi , fut envoyé en
exil dans une Abbaïe qu'il avoit au *Mans* ; un
Banqueroutier d'un rang inférieur , eût été envoyé à la *Gréve*. Le vieux Cardinal de la *Roche-*
Aimont

Aimont qui attendoit avec autant d'impatience de paſſer à cet emploi, qu'il avoit attendu de Rome le chapeau rouge pendant plus de 20 ans, & qui croyoit l'avoir mérité, ſuccéda à Mr. *de Jarante*, & non moins complaiſant que lui, à l'égard de Madame *Du Barry*, il s'eſt maintenu dans ce poſte, en encenſant l'idole de la même main qu'il encenſe la Croix.

Madame *Du Barry* étoit née avec un penchant trop lubrique, & ſon éducation bien-loin de le modifier, l'avoit trop enflamé; pour que Louis XV. à l'âge de ſoixante ans pût lui ſuffire. Ce Monarque d'ailleurs avoit trop abuſé lui-même de la force de ſon tempérament, pour en avoir conſervé toute la vigueur; ainſi, il ne doit pas paroître ſurprenant, qu'elle ſe permît de tems en tems de lui donner à ſon inſçu quelques ſeconds qui la miſſent dans le cas de ne pas tant exiger de la part d'un Roi, dont la conſervation lui étoit ſi précieuſe & ſi néceſſaire, & quoiqu'elle prît cette ſage précaution, autant par amour & par attachement pour le Roi, que pour ſa propre ſatisfaction, elle a ſu néanmoins ſe comporter avec aſſez de prudence & de miſtère, dans des intrigues ſi délicates, qu'il n'a jamais été bien poſſible, de connoître ceux qui avoient l'honneur de faire une

N 2

partie

partie de la befogne, que le Roi croyoit &
entendoit faire tout feul, on n'a fur cet article, que des conjectures hafardées, & chacun en a parlé felon qu'il s'eft trouvé affecté.
Les uns ont cru, que Mrs. les Coadjuteurs
de Strasbourg & de Rheims, avoient part à
fes faveurs ; mais quand on confidère, que
ces deux jeunes Prélats doivent conferver
encore toute la ferveur de leur état, eft-il
poffible de croire, qu'ils euffent voulu manquer fi jeunes à ce qu'ils devoient à leur état
& à leur Roi ? D'autres ont cru, qu'un certain *Garde du Corps*, un des plus beaux hommes de fa Troupe, & qu'on a vu parvenir
trop rapidement, avoit gagné par la vigueur
de fon tempérament, la beauté de fa figure,
& la belle proportion de fon Corps, les
bonnes graces de la Comteffe, par plus
d'un endroit ; en un mot on lui a donné dans
tous les états & dans toutes les conditions,
des hommes auxquels elle permettoit de la
fervir à fon gré, & peut-être lui a-t-on fait
tort, en divulguant, qu'elle n'étoit délicate,
ni fur le choix, ni fur les avances ; il me
femble, qu'il y a de l'injuftice, à conclure
des habitudes paffées, & qu'une efpèce de
néceffité avoit forcé de contracter, contre
les habitudes actuelles que tant de raifons
doivent rendre différentes des premières, à

moins

moins qu'on ne veuille foutenir à la rigueur
que *l'habitude eft une feconde Nature, qu'il
n'eft pas poffible de réformer*; quoiqu'il en
foit, il eft certain, qu'elle n'a pas été fcru-
puleufe en fait de fidélité, & quels que
foient les heureux Mortels qu'elle a voulu
favorifer, on ne peut s'empêcher de déplo-
rer l'aveuglement d'un Roi, qui méritoit fi
peu d'être trompé, & qui l'a été fi impunément.

Ce Monarque que la bonté naturelle
rendoit le moins méfiant de tous les hommes, n'avoit pour ainfi dire aucune volonté
à lui; fe méfiant uniquement de fon propre
fentiment, à peine ofoit-il expofer fa façon
de penfer, ou s'il la développoit, il s'en dé-
partoit toujours aux plus petites objections,
pour adopter celle de fon Confeil, qu'il
croyoit devoir être préférable à la fienne;
avec de grands talens, de belles connoif-
fances, beaucoup de pénétration, des fen-
timents d'humanité fur-tout, qui paroif-
foient faire le fonds de fon caractère, avec
les meilleures & les plus tendres intentions
pour fon peuple, ne cherchant, ne défi-
rant qu'à le rendre heureux; Louis XV.
eut de grandes foibleffes qui arrêtèrent
prefque toujours les effets heureux de fes
qualités naturelles, qui dans l'efprit de ceux
qui le connoffoient mal, l'ont fait paffer

N 3　　　pour

pour pufillanime, & qui ont privé la France du plus glorieux, comme du plus heureux de tous les règnes, fous le Monarque le plus jufte, le meilleur, le plus homme, & le plus digne en un mot de l'amour des François. Il aimoit le plaifir, & s'y livroit fans réferve : quel eft l'homme qui ne l'aime pas ? Et quel eft le Roi qui ne s'y livre pas ? lorfque la plus grande partie des courtifans ne femblent occupés qu'à fortifier fon goût de plus en plus, en étudiant tous les moyens de pouvoir les varier, & de les rendre par là plus fenfibles & plus vifs : & lorfque des Miniftres qui ont un intérêt particulier à gouverner feuls, & à n'être pas éclairés de près cherchent, fous de vains prétextes plus féduifants & plus plaufibles en apparence les uns que les autres, à écarter le Monarque de l'adminiftration détaillée des affaires, fe contentant de ne lui en laiffer prendre qu'une idée générale ; en lui épargnant, à deffein, toute la peine de la difcuffion. Le Cardinal de Fleuri bien digne de former l'éducation d'un Roi, auroit mis à même Louis XV, de faire oublier peut-être jufqu'à la mémoire d'Henri IV, de Louis XIV, & de tous les Rois, dont la France rappelle encore le fouvenir avec autant d'attendriffement

ment, que d'admiration, fi ce Prélat ref-
pectable lui eût laiffé prendre les rennes du
gouvernement, auffitôt qu'il connut que
fon Elève étoit capable de commander à
fon peuple par lui-même, & avec le fecours des confeils d'un fi digne précepteur :
mais le Cardinal de Fleuri ne fut pas affez
grand pour fe contenter de la gloire de
rendre la France heureufe, en ne confervant auprès de fon illuftre Pupille, que le
droit de redreffer les faux pas qu'il auroit
pu faire dans les commencemens de fon
règne, & en lui remettant généreufement
tous ceux qui lui avoient été confiés pendant la minorité de ce Prince. Cet excellent homme, avec moins de bruit, de fracas, d'oftentation, & peut-être avec plus
de folidité, de fondement, & de mérite,
eût rendu la France plus folidement heureufe, que les *Richelieu* & les *Mazarin*,
qui à bien des égards, lui font de beaucoup
inférieurs. En un mot il ne manquoit à
Louis XV. pour effacer la gloire de tous
fes ayeux, que d'avoir commencé de bonne-
heure à gouverner par lui-même ; & il ne
manquoit à fon précepteur, qui devint en-
fuite fon premier Miniftre, que d'avoir
habitué fon Elève au travail, & à la connoiffance des affaires d'Etat, pour mériter
véritablement

véritablement les éloges, qu'on prodigue
mal-à-propos aux autres instituteurs de nos
Rois. Louis XV, écarté pour ainsi dire depuis son berceau, jusqu'à sa mort, des affaires de son Royaume, & ne les connoissant que sous le faux jour qu'on avoit
soin de lui présenter, n'a jamais connu
réellement les malheurs de ses peuples,
ni l'oppression dans laquelle ils ont vécu
sous la plupart des Ministres, qui abusoient
de l'autorité trop entiere qui leur étoit confiée. Croyant ses sujets heureux, ou beaucoup moins opprimés, qu'ils ne l'étoient
réellement, il se livroit au plaisir, pour lequel il faut avouer, que son penchant depuis la mort du Cardinal de Fleuri, s'étoit
tout-à-fait décidé : se laissant gouverner par
tous ceux qu'il croyoit mériter sa confiance,
est-il surprenant, que ses Maîtresses l'ayent
aussi trop gouverné ? le cœur n'est-il pas la
partie la plus foible de l'homme, quand la
tendresse y domine ? & lors même que l'esprit est indomptable, le premier ne plie-
t-il pas souvent, même sous le joug le plus
tyranique ? celui de Louis XV. asservi par
Madame de Pompadour, avoit contracté la
malheureuse habitude de l'esclavage, il ne
pouvoit vivre sans être enchaîné ; cherchant
une nouvelle servitude, il se donna tout
entier

(81)

entier à Madame *Du Barry*, la moins digne
des femmes, d'avoir l'honneur d'être sa
souveraine. Cette femme par une fatalité
déplorable, étoit réservée pour obscurcir
& ternir les dernières années d'un Roi,
qu'on a jugé trop sévèrement sur l'article
d'une passion, dont presque personne n'est
exempt, & qui conduit presque toujours à
des fautes réelles, à la vérité, mais qui de
toutes celles que l'homme peut faire, quoique les plus funestes, tant dans le sujet que
dans le souverain, méritent toujours beaucoup plus d'indulgence, qu'on ne leur en
accorde ordinairement; tant il est vrai qu'on
est toujours prêt à condamner dans les autres, ce qu'on ne s'avise pas même de cor-
riger en soi-même.

La constante foiblesse de Louis XV. à
l'égard des femmes, a beaucoup moins de
quoi surprendre, que son dernier attachement pour celle qui de toutes les femmes
de France, étoit la moins faite pour attacher ce Monarque. On nous peint l'amour
aveugle ; on a raison, car comment est-il
possible d'imaginer, qu'une femme sans esprit, sans éducation, indépendamment de
l'opprobre dont elle s'étoit couverte par sa
conduite trop publique, pour qu'on puisse
même la pallier, comment imaginer dis-je,

O   qu'une

qu'une telle femme ait pu remplacer la femme la plus aimable, la plus déliée, la plus fine, & la plus digne de former un véritable attachement, si elle eût été moins désintéressée, & moins impérieuse ? Comment pouvoir se familiariser avec l'idée que Madame *Du Barry*, qui ne ressembloit en rien à Madame de Pompadour, & qui lui étoit si inférieure en tout, ait pu prendre sa place auprès d'un homme, qui par lui-même étoit si en état de faire la différence de l'une à l'autre, & qui auroit pu, s'il eût voulu, sinon remplacer avec quelqu'avantage Madame de Pompadour, au moins s'en attacher une autre, qui sans avoir ses défauts, auroit eu une partie de ses agrémens & de ses graces, mais qui surement telle qu'elle eût été, auroit eu tout l'avantage sur Madame *Du Barry*. Il n'est pas possible, que le Roi ne s'apperçut de sa méprise, mais on croit pouvoir assurer, que si Madame *Du Barry* ne fut pas renvoyée, elle en fut redevable à cette bonté naturelle du Monarque, qui lui faisoit sacrifier son intérêt, son goût, & peut-être une partie de sa gloire, à la répugnance qu'il avoit de porter la désolation dans le cœur d'une personne qu'il avoit honorée une fois de son attachement. Madame *Du Barry*,

Barry n'eſt pas la ſeule perſonne de la Cour, qui s'y ſoit maintenue dans la faveur de ce Prince par cette ſeule raiſon ; l'idée de la diſgrace de ſes favoris, affligeoit ſi ſenſiblement ce Monarque, que quoiqu'il ne pût pas ſé cacher qu'ils étoient peut-être indignes de ſes bontés, ou qu'au moins la France les jugeoit tels, il n'eut jamais la force de leur donner la mortification de les priver de ſon attachement & de ſa bienveillance ; on doit convenir, que cette bonté eſt un défaut plus grand dans un Roi que dans tout autre, mais c'eſt un de ces défauts dont on ne peut s'empêcher de faire l'éloge, lors même, qu'on le condamne. Heureuſes les perſonnes ! qui ne ſont condamnables que par cet endroit ; & plus heureux encore les Peuples, qui n'ont d'autre reproche à faire à leur ſouverain ! s'ils ne ſont pas auſſi heureux ſous ſon empire, qu'ils pourroient l'être, leurs malheurs deviennent plus ſupportables, lors qu'ils réfléchiſſent, qu'ils prennent leur unique ſource dans la bonté trop exceſſive du Monarque, dont ils ſavent d'ailleurs, qu'ils ſont tendrement aimés. On me reprochera peut-être de faire un paradoxe de cette bonté que j'exalte ſi fort dans Louis XV. ; qu'on conſulte la France toute entière, & ſurtout

qu'on

qu'on jette les yeux sur la vraie fenfibilité de tous les François, que de trop juftes allarmes fur les fuites de la maladie qui leur a enlevé *Louis le Bien-aimé*, jettoient dans le chagrin le plus véritable, on aura la réponfe la plus démonftrative, & la plus fatisfaifante, au problème que paroît d'abord fi difficile à réfoudre:

Il n'eft pas furprenant, que la vie de Madame *Du Barry* à la Cour, ne nous offre aucune Anecdote remarquable : elle y a vêcu pendant que la France jouiffoit de la paix avec fes voifins, & c'eft fans doute un très-grand bonheur à tous égards, qu'elle n'ait pas eu occafion ; comme celle qui l'avoit précédée, de régler le plan des opérations de la guerre, d'en faire nommer les Généraux, & de les aftraindre à ne recevoir que fes ordres, & à n'agir que fous fa direction ; la France n'oubliera jamais la honte de la dernière guerre, & peut-être ne réparera-t-elle jamais fa gloire, qui s'y trouva cruellement compromife, pour avoir été dirigée par une femme, qui fuivoit peut-être plus fon intérêt, ou fes caprices, que les lumières de fon efprit & de fon jugement, les François font trop avides de la gloire militaire & ils eftiment trop l'honneur de commander à leurs compatrio-

tes

les contre les ennemis de l'Etat , pour ne
pas s'abaisser à en briguer le commande-
ment par la seule voye qu'ils savent leur
rester pour l'obtenir , quand les emplois
militaires sont à la seule disposition de la
Favorite du Monarque. Madame *Du Barry*
auroit été trop flattée , de voir augmenter à
cette occasion, la foule de ses courtisans , pour
ne pas se rendre à leurs sollicitations , &
avec son peu de discernement , que de
fautes énormes n'auroit-elle pas commis
dans le choix de ceux auxquels elle eût
donné la préférence ! un homme élégant
& d'une figure séduisante , n'est pas toujours l'homme qu'il faut mettre à la tête
d'une troupe , pour la mener au combat ;
& c'est cependant celui qui auroit été pro-
tégé par Madame *Du Barry* , & qui par conséquent l'auroit emporté sur le véritable *militaire.*

Quant aux affaires domestiques du Royaume, nous avons déjà dit, qu'elle s'étoit fait ,
ou plutôt, qu'on lui avoit fait une espèce
de loi , de ne pas y prendre un parti décidé ; son séjour doux à la Cour , a été en
quelque façon moins bruyant, & moins tumultueux , que sa vie privée (& que l'on
peut appeller *publique*) dans la Capitale : le
soin de plaire au Roi , & de déplaire à tous

les honnêtes gens, femble avoir occupé tout
fon tems ; fes intrigues n'ont rien d'intéreffant ; elle a joui de fon état, comme une perfonne de fon mérite étoit capable d'en jouir ;
c'étoit une machine que fon beau-frere faifoit mouvoir à fon gré ; incapable de prendre parti d'elle-même, elle fuivoit l'impul-
fion qu'on lui donnoit, fi & elle a fait des
fautes, elles doivent être toutes rejettées
fur fon Mentor qui, à beaucoup d'efprit,
joignoit trop d'orgueil, de prévention, de
hauteur, d'ambition, d'étourderie, & d'impertinence, pour ne pas abufer de la protection d'une femme, qui après avoir été
fa maîtreffe, fon rebut, fa femme de mé-
nage, & enfin la femme de fon frère, lui
devoit trop, pour ne pas fe dévouer à fes
volontés, & avoit trop peu de génie pour
voir qu'il abufoit de l'heureufe pofition
dans laquelle elle fe trouvoit par fes intrigues baffes, & que les gens de bon-fens
jugent très-criminelles. Madame *Du Barry*
fait un contrafte trop frapant avec les *Ga-*
brielles d'Etrées, les *Maintenons*, les *Mon-*
tefpans, les *La Valière*, & les *Pompadours*,
pour que le tems qu'elle a paffé auprès de
Louis XV. fourniffe des éqoques auffi intéreffantes, que celles de la vie des Maîtreffes des Rois de France, prédéceffeurs

du

du dernier mort ; beaucoup moins belle que
la Maîtresse d'Henri IV. , n'ayant rien du
mérite , de la sensibilité , de la naissance ,
ni de la véritable tendresse des Maîtresses
de Louis XIV. , beaucoup inférieure à tous
égards à sa dévancière, en entrant à la Cour,
elle a comme terminé sa carrière , & l'intérêt de son Histoire finit , où celui de celle
des autres a commencé. La Cour qui pour
tous les Courtisans en général , est le théa-
tre sur lequel ils paroissoient avec éclat , ou
par leurs vertus , ou par leurs vices , a été
pour Madame *Du Barry* un véritable tom-
beau , dans lequel elle n'a pas enséveli
ses vertus , parce qu'elle n'en avoit pas ,
ni ses vices , parce qu'elle n'en avoit qu'un,
qu'elle étoit obligée de conserver par son
état , & auquel il étoit impossible , qu'elle
donnât un nouvel éclat. Oui ce n'est que
son néant qu'elle y a enséveli ; & que pou-
voit-elle y ensévelir de plus ? Usant de sa
fortune avec prodigalité & sans discernement, elle dépensoit une partie des libéralités de son amant, sans s'en faire honneur
par quelque trait de bienfaisance , qui fût
en état de jetter une gaze légère sur son
peu de mérite personnel. Ne connoissant que
la parure , & tous ses ridicules & puériles
accessoires , elle en faisoit presque son uni-

P 2

que

que occupation ; étourdie de fa prétendue grandeur , elle s'étudioit à la foutenir par un luxe outré & difpendieux , qui ajoutoit à fon ridicule. Affaillie continuellement par une troupe d'êtres vils & rempans , elle avoit la fotte vanité de rapporter à elle-même des baffes adulations qui n'avoient pour objet , que le Monarque , dont on vouloit continuer à mériter la faveur , en encenfant fon idole. En un mot méprifée à la Cour , comme elle l'avoit été à la ville , fi elle n'y a pas reçu les mêmes humiliations , le refpect dû à la Majefté royale , l'en a mife à l'abri , & a con-traint le cœur de défavouer en fecret les hommages que la bienféance exigeoit qu'on rendît en public à la Maîtreffe du Souve-rain. Quoique fille d'une naiffance obfcure & criminelle , qu'elle ne pouvoit cacher ni aux autres , ni à elle-même , elle ne re-gardoit ce défavantage , que comme un caprice du fort , dont elle fe croyoit plei-nement vengée par fa figure & fes graces ; l'état le plus brillant dont elle jouiffoit , lui tenoit lieu d'ancêtres refpectables ; la fomp-tuofité de fa maifon à la Cour même , lui avoit fait oublier l'indigence affreufe , pour laquelle elle fembloit être née , & dont elle avoit éprouvé les triftes défagrémens. Le Roi

Roi de France, & toute sa brillante Cour
à ses pieds, l'autorisoit à se croire la souveraine de l'univers ; les femmes de la
première qualité réglant leur goût sur le
sien, adoptant ses modes, imitant ses petits caprices, & applaudissant à ses minau-
deries, lui paroissoient beaucoup au-dessous
de ses premières compagnes dans le désor-
dre, parmi lesquelles elle n'occupoit qu'un
rang d'égalité ; en un mot, tous les propos qu'elle entendoit autour d'elle, étant
autant d'éloges qu'on vouloit qu'elle prît
pour son compte, comment auroit-elle pu
se reconnoître ? ou plutôt comment auroit-elle
pu ne pas se confirmer dans les principes fon-
damentaux du système moderne de la so-
ciété, que Mr. *Du Barry* avoit eu le soin
de lui expliquer ? les leçons de vertu
qu'elle en avoit reçu, se trouvoient par-
faitement d'accord avec tout ce qu'elle
voyoit ; étoit-il possible, que se mettant au-
dessus, & de l'exemple, & de son penchant, elle en eut l'idée que les honnêtes
gens en ont ? on lui avoit si souvent répé-
té, que la vertu ne méritoit aucune considération, qu'on ne devoit avoir des égards
que pour ce qui plaît ; & pour ce qui est
utile, que la vertu étoit un être de raison,
ou que si elle existoit, elle étoit froide, &

isolée,

ifolée , que ce n'étoit qu'un fuperflu qu'il
falloit abandonner aux mifantropes , que la
vie eft fi courte, que c'eft une folie , que
d'en rien retrancher fur fes plaifirs, qu'une
honnête femme , fur-tout quand elle n'a pas
d'état brillant , eft un être bien peu intéreffant qu'elle ne tient prefque pas à la
fociété , & qu'elle n'eft bonne tout au plus
que pour faire les froids délices d'un imbé-
cile de Mari; que la richeffe eft l'ame uni-
verfelle , qui anime & qui embellit tout,
qu'une jolie figure en un mot, enfévelie
dans des habits modeftes , perd les trois
quarts de fes charmes , & doit être confondue avec les beautés du tiers état ; toutes les maximes empoifonnées, & d'autres
auffi déteftables , lui avoient été rebattues
tant de fois , fous mille expreffions différentes , qu'elle ne foupçonnoit pas même,
qu'il fût honnête de penfer différemment ,
& d'agir en conféquence d'autres principes.
Qu'importe lui difoit fon inftituteur , que
vous ayez été l'héroïne de vingt hiftoires ?
Si vous étiez moins jolie, on parleroit moins
de vous ; la laideur & la pauvreté méritent feules d'être enfévelies dans un oubli
éternel, le préjugé de l'honnête n'eft que
pour les fots & le peuple ; que les faifeurs
de livres exaltent l'honnête , qu'ils en foient

les

les panégiristes, c'est leur métier, & graces à Dieu, ils en ont tant rebattu les oreilles, qu'on ne les écoute plus aujourd'hui ; on les punit même, en ne les lisant plus ; ce sont des ennuïeux éternels, que le monde paye aujourd'hui d'un juste mépris, & c'est aussi l'unique salaire qu'ils méritent. — Tout ce qu'on peut faire en faveur de la vertu, c'est d'en adopter quelquefois l'apparence, quand la nécessité l'exige : un Prédicateur si pathétique & aussi éloquent ne manqua pas de faire l'Impression la plus forte sur un cœur, qui peut-être n'étoit pas susceptible d'en recevoir d'autre, eh ! quels progrès ne fait pas le vice ! lorsqu'il est préconisé par un de ces *Séducteurs* à la mode, qui posséde tous les artifices du métier, qui cache sous des dehors attirants, & quelquefois imposans, un cœur perfide & un système suivi de scélératesse. Mr. *Du Barry* avant même qu'une ambition honteuse, & qu'un sordide intérêt l'engageassent à se déclarer pour panégiriste du vice, étoit généralement connu pour un héros dans cette classe d'hommes méprisables qu'on devroit punir, au défaut des loix ; d'une flétrissure déshonorante ; car qu'on éclaire le cœur des méchants, qu'on y descende le flambeau à la main, & on y découvrira en frémissant,

que

que leur plaifir le plus pur, & le plus fenfible, eft d'étendre le vice, les progrès du
mal, & d'augmenter le nombre de leurs
Complices : ce font des peftiférés qui avant
d'expirer, goûtent une joie infernale à com-
muniquer la contagion dont ils font atteints,
& à voir tomber à leurs côtés des mourants,
victimes infortunées du venin qu'ils ont verfé
dans leur ame.

D'après de tels principes, & avec le fecours d'un tel maître, Madame *Du Barry*
mena à la Cour une vie de diffipation con-
tinuelle, & s'y livra à tout le délire fcan-
daleux d'un cœur gâté & corrompu ; pro-
menée de fpectacle en fpectacle, fuivie
dans toutes les affemblées publiques,
préfidant à toutes les fêtes d'une Cour brillante, elle y faifoit l'admiration de ces vils
efclaves de leur ambition déméfurée, elle
y recevoit leur culte refpectueux, & les
adorations qu'ils refufent conftamment à
l'Etre fuprême, elle y jettoit fes rivales
dans le plus affreux défefpoir ; la richeffe,
le luxe, le plaifir l'environnoient & cherchoient à réveiller fes goûts, l'élégance, la
mode accouroient lui payer leurs tributs,
en un mot aïant à peine le tems de fe demander ce qu'elle défiroit, fon déshonneur
comme fon triomphe étoit complet : mais

il

Il est un terme à tout, celui de la grandeur inopinée de Madame *Du Barry* étoit proche, sans qu'elle eût peut-être prévu qu'il pût jamais arriver, ou au moins lorsqu'elle le croyoit encore bien loin ; ce vain phantome étoit prêt à s'évanouir, lorsqu'il paroissoit avoir le plus de réalité ; le masque imposant sous lequel elle paroissoit à la Cour, étoit prêt à tomber, lorsqu'elle pensoit qu'il étoit le mieux attaché, en un mot elle marchoit avec toute son arrogance & sa fierté, lorsque sans s'en appercevoir, elle chanceloit le plus, & que sa chûte étoit prochaine. Le jour le plus beau s'obscurcit quelquefois au moment où il brille le plus, & auquel on s'y attend le moins, le vent le plus favorable peut changer dans un clin d'œil, & forcer le Pilote de faire une route contraire à son dessein, la Fortune se plaît presque toujours à tourner le dos à ceux à qui elle rit constamment, dans le moment même que tout les porte à croire, que cette divinité capricieuse a fait d'eux ses plus chers comme ses plus heureux favoris ; que de chûtes éclatantes ne voit-on pas tous les jours, dont le bruit & le fracas étonnent même ceux qui ont le moins de confiance sur l'instabilité des choses humaines ! combien de malheureux

Q   opulents

opulents ne tombent-ils pas dans la plus
affreufe indigence au moment où leur état
paroît le plus folidement établi ! que de
vaftes projets ne forme-t-on pas fur des
principes qui paroiffent ne pouvoir pas manquer, & fur des fondemens que la prudence humaine ne peut pas s'empêcher de
juger folides, qui cependant tombent en
ruïne, & s'écroulent au moment qu'on y
conftruit deffus l'édifice projetté avec la
plus grande confiance ! en un mot l'inftant
où l'homme fe croit au faîte de la gloire,
& au comble du bonheur, touche, très-fou-
vent à celui qui amène fa ruine, qui prépare fa honte, & qui fait naître fon défefpoir, c'eft lors que le cœur femble ne pouvoir plus former de defirs, & que tous fes
fouhaits font remplis au-delà de fes efpérances, c'eft alors, dis-je, qu'il panche
fur le vuide affreux dans lequel il tombe
fans avoir eu même un inftant, pour en
confidérer l'immenfité; oui l'homme (& celui de Cour plus que tout autre) marche
fur une continuité de précipices d'autant
plus dangereux, qu'ils font prefque toujours
jonchés de fleurs qui les rendent invifibles ;
& il ne s'apperçoit que la terre lui manque
fous le pied, que lorfque précipité, tout
couvert de cette même terre, il va rude-

ment

ment heurter le fonds de l'abîme , dans lequel revenu à lui-même par la force de la
fecouffe , il a le temps d'en mefurér la pro-
fondeur , de faire le trifte parallèle de fon
état actuel , avec celui dont il jouiffoit un
moment avant de dévorer fon chagrin , &
de fe confumer enfin en regrets inutiles ;
oui, encore un coup, telle eft la malheu-
reufe deftinée de l'homme dans ce monde
périffable ; à peine entend-il gronder l'ora-
ge loin de lui, que ne croyant pas avoir
rien à craindre pour lui-même , la foudre
tombe en éclats, l'atteint, le renverfe, l'é-
crafe , & l'annéantit, fans que l'éclaire qui
l'a devancée , ait prefque frappé fes yeux :
heureux l'homme ! qui s'attend aux revers ,
qui s'y prépare , qui les reçoit avec fer-
meté , & qui fe confole fur un avenir, qu'il
s'efforce de rendre heureux par une conduite irréprochable aux yeux de fes femblables , mais fur-tout aux regards pénétrans
de l'auteur de fon exiftence , qui l'attend
ou pour le récompenfer , ou pour le punir.

Louis XV. à qui une fanté folide & robufte
paroiffoit promettre encore plufieurs années
de vie , eft frappé d'une maladie mortelle ,
dont fon âge avancé fembloit devoir ne pas
lui laiffer prévoir que ce feroit celle qui l'en-
léveroit à fes fujets ; cette maladie dange-
reufe

reufe pour tous les âges , le devient beau:
coup plus à proportion qu'on y eft avancé ;
quel efpoir pouvoit-il donc y avoir pour
le rétabliffement de ce Prince dans fa foixan-
te-cinquieme année ? Il étoit bien foible cet
efprit dans les premiers momens de fa maladie , & peu de jours après les François juf-
tement allarmés fur fon compte , n'en eurent
plus aucun , & pleurèrent d'avance la mort
d'un Monarque qu'ils chériffoient , & dont
ils étoient tendrement chéris : le deuil & la
confternation répandus dans toute la France,
pendant la maladie & après la mort de Louis
XV. atteftent à l'univers entier que la fidélité & l'amour des François pour leur fou-
verain , eft à l'épreuve de tout, qu'ils fa-
vent fouffrir , fans rebellion, lorfqu'ils voient
que la main qui s'appéfantit fur eux , eft dirigée par les infâmes Miniftres qui abufent de
la confiance du Souverain , & qu'enfin ils auroient horreur de tenter à venger fur leur
Roi , des oppreffions dont fes Miniftres font
feuls coupables.

Dès qu'il fut décidé que Louis XV. étoit
attaqué de la petite vérole, Madame la Comteffe *Du Barry* quitta la Cour dans l'efpoir
peut-être d'y reparoître, lorfque le danger
auroit ceffé , fe flattant plus pour fon avantage
que pour celui de la France , que le Roi

échapperoit

échaperoit à un accident si critique & si dangereux: toute la Cour uniquement occupée de la maladie du Roi , & du danger qu'il couroit, ne s'apperçut que la favorite y manquoit, que lorsqu'on apprit avec quelque surprise qu'elle s'étoit retirée à deux lieues de Versailles dans une superbe maison de Mr. le Duc d'*Aiguillon* , qui , ou par reconnoissance , ou par intérêt , voulut encore faire parade de son attachement pour cette femme , dans un tems où il pouvoit prévoir qu'il lui seroit plus nuisible qu'avantageux ; & pour qu'il ne manquât rien à ce coup d'éclat , Madame la Duchesse d'*Aiguillon* fut faire les honneurs de sa maison pendant le séjour qu'y fit Madame *Du Barry*. Dès cet instant toute sa nombreuse Cour s'étoit dissipée , ne lui restant que ses domestiques & le fidèle Mr. d'*Aiguillon* : elle commença à entrevoir le peu de fonds qu'il faut faire sur des amis , qui ne le sont que par crainte ou par intérêt ; à peine en effet l'idole eut-elle été enlevée du Temp'e , que bien loin de former des vœux pour son retour , tous ceux qui avoient paru les plus assidus à son culte , auroient , s'il leur eût été permis , renversé l'autel , & se feroient même fait honneur d'en arracher jusqu'à la pierre fondamentale. Louis XV. ayant succombé le douzième jour de sa maladie , & ayant payé

R

le

le tribut ordinaire de la nature, fa Maîtreſſe ne fut pas long-tems dans des incertitudes fur le fort dont elle jouiroit à l'avenir, & la bonté & la juſtice de Louis XVI. ne lui laiſſerent preſque pas un inſtant pour envi-ſager dans un lointain éloigné le triſte avenir qui fe préparoit pour elle ; le nouveau Mo-narque lui épargna des conjectures qui ne pouvoient être que triſtes & allarmantes : elle n'eut en un mot preſque pas le tems de ſentir toute la grandeur & la conſéquence de la perte qu'elle venoit de faire, en per-dant le feu Roi : la nouvelle de ſa diſgrace ſuivit de près celle de la mort du Roi ; Ma-dame *Du Barry* les apprit preſque toutes les deux en même-tems, & ſi ſon cœur eût été véritablement attaché à Louis XV. à peine auroit-elle commencé de donner quelques larmes de tendreſſe à ſon amant infortuné, qu'ayant un motif particulier d'en verſer elle-même, ſa douleur & ſon chagrin euſſent changé d'objet : mais Madame *Du Barry* n'étoit l'amante du Roi qu'en figure : ſa ten-dreſſe pour lui n'avoit jamais été que ſur le bout de ſa langue, & ſon cœur plein d'au-tres objets, n'étoit pas même ſuſceptible de reconnoiſſance pour un Monarque qui lui prodiguoit ſi mal à propos ſes faveurs & ſon attachement : elle eût bientôt oublié ſon

bienfaiteur

bienfaiteur & fon ami, fi après l'avoir perdu,
il lui eût été permis d'aller étaller dans Paris
tout le fafte & tout le luxe qu'elle auroit
emporté de la Cour, & d'y ramener avec
elle tout le vice d'une conduite honteufe
qui l'avoit fuivie à Verfailles : un cœur de
Bouc qui fe livre à tout venant, ou plutôt
qui ne fe donne à perfonne, que le liber-
tinage & la crapule peuvent feuls émouvoir,
peut-il être vertueux ? & peut-il y avoir de
véritable tendreffe fans vertu ? il étoit donc
de la fageffe, de la charité & de la prudence du vertueux Roi qui a fuccédé à
Louis XV, de fignaler les premiers inftans
de fon règne, par un acte d'autorité, qui
en mettant un frein aux défordres trop publics d'une femme qui ne méritoit aucun
ménagement, donnât à fes fujets l'idée la
plus flatteufe de fon amour pour le bon ordre,
& leur fit entrevoir ce que le vice avoit à
craindre fous fon empire.

Après que le nouveau Monarque fe fut
livré aux premiers moments de fa fenfibilité, & qu'il eut donné de juftes larmes à
la mémoire de fon ayeul, fa tendre douleur
fembla ne fe calmer un peu que pour lui
faire appercevoir toute l'étendue de fes de-
voirs; il crut qu'un des premiers & des plus
preffans dans cette trifte conjecture, étoit

R 2   de

de faire expédier des ordres à Madame *Du Barry*, pour lui enjoindre de se rendre sur le champ dans l'Abbaye du Pont-aux-Dames, & y attendre ses dernières volontés ; ce coup imprévu & inattendu, effaçant dans son cœur toutes les autres impressions, le rendit sensible peut-être pour la première fois, & toute la honte de sa vie passée se peignant alors à son imagination, sous les plus vives & les plus vraies couleurs, forcée de se rendre justice à elle-même, elle vit dès-lors qu'une honnête prison, à laquelle elle se voyoit condamnée, deviendroit sans doute perpétuelle, & qu'inutilement elle se flatteroit de retrouver un jour une liberté dont elle avoit trop abusé, pour qu'il y eût de la prudence à la lui redonner. Si dans le commencement de son exil les nouvelles publiques ont de beaucoup exagéré la rigueur des ordres que l'Abbesse du monastère avoit reçu au sujet de cette illustre prisonnière, cette exagération même prouve combien le public la jugeoit digne d'une plus grande sévérité, & la fausseté de ces nouvelles, démontre la bonté, la bienfaisance, l'humanité & l'inclination compatissante du Monarque qui fait espérer à la France le règne le plus doux, le plus juste, le plus glorieux & le plus heureux ; règne, dont le commencement est déjà

marqué

marqué au coin de la prudence la plus con-
sommée, de l'équité la plus exacte, de l'a-
mour le plus tendre, de l'affabilité la plus
marquée, de la religion la plus éclairée , &
en un mot de toutes les différentes vertus
que Louis Auguste a hérité de ses illustres
Ancêtres ; les François se plaisent déjà à
admirer en lui l'affabilité populaire & la
franchise d'Henri IV. sans y découvrir ses inclinations trop galantes ; la justice de Louis
XIII. sans en avoir la pusillanimité ; le discernement, la pénétration & le coup d'œil
heureux de Louis XIV. sans en avoir le faste,
le luxe & l'ambition outrée ; la bonté & l'a-
mour de la paix de Louis XV. sans en avoir
les grandes foiblesses ; & en un mot la religion de tous ses ayeux , sans en avoir les défauts. Puisse l'Europe ne lui donner jamais
un juste sujet de faire voir que s'il est en
quelque sorte supérieur à ses Prédécesseurs,
par l'assemblage de toutes les vertus mo-
rales & chrétiennes, il ne leur est pas inférieur par les vertus militaires qui carac-
térisent le véritable Héros, & qu'il est aussi
digne de commander à une nation que l'a-
mour de la gloire & l'honneur de son nom
rend invincible dans les combats, quand elle
y est menée par des chefs animés du même
motif qu'elle, qu'il est digne de la gouverner

au

au fein de la Paix , & de faire le bonheur &
les délices d'un peuple, dont la jaloufie même de fes voifins démontre la noblefle des
fentimens, la grandeur , le courage & la
félicité.

Madame la Comtefle *Du Barry* actuellement enfermée dans fon couvent, cherche
à y chafler fes ennuis , en fe faifant bâtir
un appartement affez commode, pour s'y
livrer à un très-petit diminutif de la mollefle
de la Cour à laquelle elle s'étoit livrée fans
réferve : ces foins & cette attention de fa
part ne permettent pas de prévoir qu'elle
imite la célèbre Madame *de la Vallière* dans
fa difgrace, auffi n'en a-t-elle ni le cœur,
ni l'efprit, ni la force ; la première aimoit
réellement Louis XIV. elle l'eût même aimé ,
quand il auroit été le dernier de fes fujets ; la
feconde n'aimoit dans Louis XV que fes libéralités ; Madame *de la Vallière* étoit vertueufe , & fon exceffive tendrefle la rendit
criminelle à l'égard d'un Roi , qui lui avoit
juré l'amour le plus tendre & le plus conftant,
& qui par fes agrémens naturels étoit fi for^t
capable de féduire un jeune cœur ; Madame
Du Barry ne connut jamais la vertu, & pé-
cha toujours par goût & par inclination , &
en fe donnant à Louis XV. elle n'envifagea
que fon orgeuil & fa fortune ; il n'eft pas
donc

dont furprenant que la Religion n'ait pas
le même pouvoir fur le cœur de l'une &
de l'autre de ces illuftres *Réclufes* ; Madame
de la Vallière écouta fes remords , revint à
la raifon , & finit fa vie dans les exercices
de la plus rude & de la plus févère Pénitence : fi Madame *du Barry* l'imite un jour ,
on peut ranger cet événement au nombre
de ceux qu'il n'eft pas poffible de prévoir ,
& on ne pourra plus douter de l'*efficacité
de la grace par elle-même* , dont les Théolo-
giens ont tant difputé inutilement ; Magde-
laine & Paule fe convertirent ; la fille d'un
Capucin fe convertira-t-elle ? c'eft au tems à
nous l'apprendre , & à Dieu à opérer ce
Miracle.

F I N.

www.ingramcontent.com/pod-product-compliance
Ingram Content Group UK Ltd.
Pitfield, Milton Keynes, MK11 3LW, UK
UKHW021232230726
13926UKWH00003B/1391